Ob es um den Aufstieg des Bürgertums geht oder um Beobachtungen des Wanderers durch die Mark Brandenburg, um die sprechenden Namen im *Stechlin* oder um die Birnen des Herrn von Ribbeck, um die Theaterkritik zur Uraufführung von Hauptmanns *Vor Sonnenaufgang* oder um preußische Grenadiere, um die Wahrheit oder ums Sterben – wie ein roter Faden zieht sich eine Fontane-Spur durch Hans Blumenbergs nachgelassenes Werk: Reflexionen zu einzelnen Werken, oft nur Sätzen Fontanes, teils eng am Text, teils nur durch das auslösende Stichwort, die Fontane-Formulierung, damit verbunden. Allen diesen Texten ist eines gemeinsam: es sind – fern aller philologischen Detailbesessenheit – anekdotische, gedankliche und sprachliche Miniaturen von höchster Kostbarkeit, Klarheit und Prägnanz.

Hans Blumenberg (1920-1996) war zuletzt Ordinarius für Philosophie an der Universität Münster. Seine bekanntesten Bücher sind *Die Legitimität der Neuzeit* (1966), *Arbeit am Mythos* (1979) und *Die Lesbarkeit der Welt* (1981). Postum erschien 1997 *Die Vollzähligkeit der Sterne.*

insel taschenbuch 2840

Hans Blumenberg

Vor allem Fontane

HANS BLUMENBERG

# VOR ALLEM FONTANE

Glossen zu einem Klassiker

Insel Verlag

insel taschenbuch 2840
Erste Auflage 2002
Insel Verlag Frankfurt am Main und Leipzig
Lizenzausgabe mit Genehmigung des Carl Hanser Verlags München – Wien

Vertrieb durch den Suhrkamp Taschenbuch Verlag
Umschlag nach Entwürfen von Willy Fleckhaus
Druck: Nomos Verlagsgesellschaft, Baden-Baden
Printed in Germany

1 2 3 4 5 6 – 07 06 05 04 03 02

# VOR ALLEM FONTANE

# REBHUHNFLÜGEL ODER KRAMMETSVÖGELBRÜSTE

Fontanes »Stechlin« kann man als episches Konversationsstück lesen. Kein Thema lassen die Gespräche aus; keines darf die Oberfläche unterschreiten, ohne unterbrochen zu werden. Der Große Stechlin – der See mit den unausgeloteten Tiefen und den subterranen Kavernen zu allen vulkanischen Unruhezentren der Welt – gibt das Diagramm: Man erwartet Großes von seinen Abgründen, während man doch nur, je nach Jahreszeit, auf das Gekräusel der Oberfläche oder auf die erstarrte Eisfläche blickt. So ist es auch mit dem Personal. Vor allem von Gräfin Melusines Wassernixennatur Feenhaftes zu erwarten, wird der Leser verführt und bleibt am Ende ernüchtert vor der kleinen aufgeklärten Verschwörung zurück, die in ihrem Brief an Pastor Lorenzen mehr angedeutet als angeboten wird.

Die Erwähnung der Gräfin Ghiberti aus dem Hause Barby, die nur Melusine genannt sein will, weist auf eine andere Lesart des großen Alterswerks, das so fertig aussieht und doch erkennbar Fragment geblieben ist: Man kann es als eine Exploration über Namen lesen. Es geht nicht um die Gemeinheit ›sprechender Namen‹, obwohl es die auch gibt; eher um das, was Fontane einmal die *Namenpassendheit* genannt hatte, als ein für sich genommen aussagearmes Fräulein Stellmacher von einem für sich ebenfalls unsprechenden Herrn Wagenmann um ihre Hand gebeten wurde. Viel wichtiger sind die vom Dichter geliebten bedeutungsträchtigen Namen, von denen kaum auszumachen ist, *was* sie bedeuten. Sogar Bedeutungsarmut ist da bedeutsam, wie bei Melusines blasser Schwester Armgard neben ihrem brüsk gegen den alten Dubslav abfallenden Woldemar, wie Pastor Lorenzen in seiner kulturprotestantischen Blässe etwa gegen Lehrer Krippenstapel. Fast immer ist da eine Implikation im Spiel, die den Leser fragen läßt: Dieser Name, wird er etwas aus sich folgen lassen? Muß nicht alles so kommen, wenn man so heißt? *Wer Melusine heißt, sollte wissen, was Namen bedeuten.*

Auf diese Fährte setzt der Autor seinen Leser. Kein Thema wird so oft berührt wie das der Namen fast aller Auftretenden. Dubslav von Stechlin grollt seinem Vater wegen des düsteren wendischen Heidengottnamens. Sogar seine unerbittlich die Weltordnung verteidigende Schwester, die Domina von Kloster Wutz, hat sich gegen ihr Schluß-›e‹ in Adelheide aufgelehnt und behauptet. Aber gerade sie hatte Fontane in einem der fallengelassenen Entwürfe ausgewählt, um das ominöse Thema noch ein Stück weiter zu treiben aus ihrem paganen Unbehagen gegen Gräfin Melusine. Ihr Bruder, der nüchtern-unanfechtbare, hält ihr vor: *»Ja, du heißt Adelheid, warum soll sie nicht Melusine heißen?« – »Wer weiß wer ihr den Namen gegeben hat.« – »Na doch ihre Eltern und der Pastor und die Kirche.« – »Ich glaub es nicht. Da stimmt was nicht. Als Du sagtest Du wolltest das Ufer herunter steigen und sie bis an die Stelle führen, da hättest Du sehen sollen, wie sie sich verfärbte.« – »Ach Adelheid, das ist ja Unsinn. Und dann war ja doch auch dickes Eis.« – »Eis zerbricht, wenn eine Kraft da ist. Kraft von unten. Und sie hat sich vor der Stelle gefürchtet, sie hat gedacht, der Strudel kommt und es packt sie und zieht sie nach unten. Und sie wird wohl wissen warum.«* Wenn das kein verlarvtes Religionsgespräch ist! Fontane hat sich gescheut, es mit hereinzunehmen; und wer seine Technik der abbrechenden Vertiefungen, des Zögerns vor dem Antithetischen achtet oder gar liebt, wird seinem Geschmack rechtgeben. Aber das kleine und hernach fast verschwundene Konzept wirft ein Licht auf die Namensmagie: Dubslav und Adelheide – mehr brauchte man nicht zu wissen von denen, die sich da über eine Melusine so uneinig sind.

Hat man eine Vorliebe für Gleichzeitigkeiten, wird man das Programmusikalische der Namensfunktionen als leichten Hauch des Zeitgeistes nehmen – bitte, ohne sich an eine ›These‹ zu verlieren. Die Namen enthalten ein Motivpotential für das, was unter ihrer Ägide herankommt – aber wo es am dicksten aufgetragen ist, macht Fontane etwas, was ihm die Ästhetik erst im folgenden Jahrhundert vorgeschrieben hätte: Er durchbricht den ›Erwartungshorizont‹ seines ›impliziten Lesers‹.

Nur eine Figur des Romans, die gar nicht auftritt, weil sie nicht mehr auftreten kann, obwohl sie alles zu den Bedingungen seiner Möglichkeit beiträgt, hat keinen Namen: die frühverstorbene Frau des Herrn von Stechlin, die Mutter des bläßlich vorbenamten Woldemar – der dies denn auch zu bleiben hat. Die Stelle der namenlosen Frau hat der in aller Vertraulichkeit diskrete Diener Engelke – namensmäßig das Gegenstück zum Gendarmen Uncke – eingenommen, weil Dubslav nicht wiederzuheiraten gesonnen war. Weshalb nicht? Diese Frage ist es zuerst, die etwas von ihm für den Leser freilegt, eine gar nicht entstellende, gar nicht quälende, vom Pathologischen noch weit entfernte Gespaltenheit in seinem Überzeugungsinventar: Er glaubt an wenig, ohne an vielem zu zweifeln. Unanfechtbare Wahrheiten gebe es überhaupt nicht, läßt er wissen, um hinzuzufügen, was nicht leicht einer riskiert hätte:

*... und wenn es welche gibt, so sind sie langweilig.* Langeweile war, wovor Fontane sich fürchtete wie vor kaum etwas sonst; und zu seinem Credo gehört, die Wahrheit würde uns langweilen, sobald wir sie hätten.

Anders würde es nicht mit der Auferstehung sein. Von ihr konstatiert der alte Stechlin wie zur Selbstentlastung, daß alle an sie glauben – freilich *mehr oder weniger*, und er selbst und persönlich *eigentlich gar nicht*. Das wiederum läßt ihn Fontane nicht selbst sagen. Er führt es auf eine seltsame und seltene Weise mitten in die direkte Rede des Alten ein: als Parenthese des Autors, der damit zu verstehen gibt, was er der Diskretion Dubslavs nicht zugetraut wissen will, von dem nur das gilt, was er dezidiert auch sagt.

Er glaubt nicht an die Auferstehung, aber sie beschäftigt seine Vorstellungskraft genug, um ihm die Folgen einer zweiten Ehe als *genierliche Sache* erscheinen zu lassen, wenn er *dann oben ankomme mit einer rechts und einer links.* Damit war der dreimal verheiratet gewesene Vater noch nicht einmal ausgekommen, und so war es wohl auch mehr der ›Glaube‹ an dessen Auferstehungsschwierigkeiten, die dem Sohn *dégoût* bereiteten – *wie denn der Eltern Tun nur allzu häufig der Mißbilligung der Kinder begegnet,* fügt Fontane als selbsterfahrene Lebensweisheit an.

Erstaunlicherweise wird das Auferstehungsdilemma nicht zum Thema der Gespräche mit Pastor Lorenzen, dem Erzieher des Sohnes. Der Pastor glaubt an noch weniger als Dubslav Stechlin, aber er läßt auch noch im Ungewissen, was das sein könnte. Fontane hat hier mehr Zurückhaltung geübt, als ihm ursprünglich vorschwebte. Auf der Rückseite eines Manuskriptblattes zum 43. Kapitel hat Julius Petersen den nicht verwendeten Entwurf zu einem knappen Religionsgespräch gefunden. Dubslav geht Lorenzen auf Christus an, *halb neugierig, halb spöttisch*, wie er darüber eigentlich denke: ... *Aber ordentlich. Ich kann Sie nun mal controlieren. Haben Sie den Glauben daran? – Den hab' ich. – Gottes Sohn? – Auch. Aber in meinem Sinn. – Ja, in meinem Sinn. Was heißt das? Damit wollt ihr immer aus der Schlinge heraus.*

Es ist schade um dieses Meisterstück zum Zeitgeist und wäre doch für die Dezenz des Romans, für den Pegel seiner Scheu vor Entlarvung zu viel gewesen. Das Gespräch setze sich fort, schließt Fontane seine Notiz: *Lorenzen wie Windel, aber nicht schopenhauerisch, sondern Bergpredigt, christlich sozial.* Das wird das Muster für dieselben Fatalitäten ein Jahrhundert später. Dies also war nicht ganz leicht genug, um an der Oberfläche des Stechlin zu bleiben. Nicht genau genug der Fontaneton für ein Religionsgespräch. Dieses Genauere findet sich in einem Gesprächsfetzen, bei Tisch im Kloster Wutz der Domina Adelheid, bei gespicktem Rebhuhn in pikanter Sauce nach deren Geheimrezept, als Woldemar seine Tante in Begleitung seiner Freunde Czako und Rex besucht, um sie wissen zu lassen, was er ihr doch noch nicht verraten will: daß die Stechlins nicht aussterben werden. Czako greift ein zweites Mal nach Rebhuhnflügel, und es scheinen Flügel vor allem deshalb zu sein, weil es am Tage zuvor beim Bruder der Domina Brüste von Krammetsvögeln gegeben hatte. Das läuft auf eine Alternative hinaus und auf das Kompliment, zwar seien im allgemeinen jene Brüste vorzuziehen, im besonderen aber diese Flügel, wegen der Machart. Der Tribut ans Allgemeine nimmt die Optionen metaphorisch: *In Brust und Flügel schlummert, wie mir scheinen will, ein großartiger Gegensatz von hüben und drüben; es gibt nichts Diesseitigeres als Brust, und es gibt nichts Jenseitigeres als Flügel. Der Flügel trägt uns, erhebt uns. Und deshalb, trotz aller nach der andern Seite hin liegenden Verlockung, möchte ich alles, was Flügel heißt, doch höher stellen.* Die allerletzte Wortwahl zieht den Vorwitz des Sprechenden aus der Schlinge, der er schon nicht mehr entrinnen zu können schien. Ein artistischer Hochseilakt, und nichts erwartet der Leser dringender, als die Adressatin des auf ihr Rezept bezogenen Kompliments reagieren oder wenigstens resonieren zu hören. Aber da weiß Fontane, wie enttäuschend jedes Wort der Domina sein müßte im Verhältnis zum Erwartungsabsturz des Lesers. Der erfährt nun hinterdrein, daß Czako dieses Letzte *in einem möglichst gedämpften Tone* und wohl nur auf ein »Hihi« des Fräulein von Schmargendorf an seiner Seite zielend gesprochen habe, im übrigen die Domina schon leicht abwesend gewesen sei, *ganz ersichtlich mit einer Ansprache beschäftigt*. So bleibt der gewagte Höhenflug von der einen Spezialität des Hauses zur anderen, von der Immanenz zur Transzendenz, in der verdienten Schwebe.

Wie der greise Fontane in diesem Werk, dessen Korrekturen er noch gelesen, das er aber als leibhaftiges Buch nicht mehr in Händen halten sollte, nochmals und letztmals alles in der Schwebe läßt.

Einer hätte das letzte Wort, doch er kann es nicht sagen. Es muß für ihn gesagt werden: *Hast du kein letztes Wort für mich?/ Ich sterbe, Barbara Allen.* Das ist aus Fontanes innigster Ballade. Ehe man sie liest, muß man allen Bildungshochmut fahren lassen und des Dichters ›impliziter Leser‹ zu sein einwilligen, der die Namen so deutsch liest, wie sie dastehen. Sonst würde es nichts mit der Schönheit der ersten Strophe – wie mit der leitmotivischen Wiederholung ihres Reimes –, daß John Grahams Liebestod illuminiert wird von der Jahreszeit, in der *die rotgelben Blätter fallen.*

John Graham oben auf dem Schloß, Barbara Allen unten in der Stadt, sie haben ihre Leben aneinander vorbeigelebt. Nun ist der Schloßherr sterbenskrank. Und ganz ungewiß bleibt, ob es mit ihm auf den Tod gehen mußte, damit er sich nach einem wirren Leben des Mädchens aus der Stadt unten erinnerte – oder ob wirklich, wie er sagen läßt und ihm der Dichter glaubt, erst die Liebe zu ihr ihn todkrank gemacht hatte. Wäre das so, warum sollte dann Barbara Allen so lange zu warten gehabt haben auf das Wort, dem sie entgegengelebt hatte?

Denn nun wird sie ans Todeslager gerufen, das Bürgermädchen zum Adelsmann, und sagt ihm das Wort, das früher jemals zu sagen ihr freilich Anstand und Stolz verwehrt hatten: *John Graham, ich hab' ein letztes Wort,/ Du warst mein all und eines;/Du teiltest Pfänder und Bänder aus,/Mir aber gönntest du keines.* Gesehen hatte sie nach ihm, dabei war es geblieben: *Und gingest lachend vorüber.*

Nun kommt der Tod, und vor ihm gilt keine Weltordnung und keine Anstandsregel. Er verliert sein Leben – aus

Liebe, wie man ihr gesagt hatte und die Ballade uns glauben macht –, aber sie hatte ihr Leben längst verloren, als er ihren Blick mit Lachen erwiderte und vorüberging. Nun hat man Oben und Unten vertauscht, aber nicht aus gleicher Freiheit: Er ist unten, wie er gewollt, als er sie vergaß und ihr Erinnern bis aufs Letzte aufschob; sie ist *oben und heiter*, weil sie gerufen worden war. ›Heiter‹ – das ist nicht mehr *sein* letztes Wort, es ist ihres.

Ein höhnisches Wort der Rache? Des obsiegenden Bürgerstolzes? Man wird es sogleich erfahren: Es ist ein Wort des Scheins, der Täuschung. Vielleicht sogar der Selbsttäuschung. Auf dem Heimweg hört sie die Totenglocken. Noch einmal tun sie, wie die rotgelben Herbstblätter, den Dienst für den alles auflösenden Reim: sie *schallen*. Denn nun weiß die durch den Tod zu ihrem Recht Gekommene, daß diese Glocken auch ihr Leben ganz machen: *Sie sprach: »Die Glocken klingen für ihn, / Für ihn und für – Barbara Allen«.* Nichts bleibt ihr mehr, als die Mutter zu bitten, für ihre letzte Ruhe zu sorgen: *John Graham ist heute gestorben um mich, / Und ich sterbe um ihn morgen.*

Ungleich waren diese beiden Leben gewesen nach Herkunft und Inhalt und Ende – und dennoch hatten sie sich sinnerfüllt im selben Augenblick, da das eine mit dem letzten Wort einstehen konnte für das andere – gleichgültig, was die Wahrheit jener Krankheit zum Tode gewesen sein mochte.

Trotz seiner balladenträchtigen Begeisterung für den preußischen Kriegshelden, für den ›Philosophen‹ *auf Sanssouci bei Kaminfeuer und offnen Flügelthüren*, von dem er sagt, er sei *immer mein Ideal* gewesen, hat Fontane auch der argwöhnischen Distanz des Königsbruders von Rheinsberg gegen Potsdam Gerechtigkeit widerfahren lassen. Und wenn er einmal sagt, er könne die Schlachten bei Kunersdorf und Torgau *aus dem Stegreif* beschreiben, als sei er dabeigewesen, behält er doch den Aspekt der Krieger auf den Feldherrn im Sinn. Über »Alte-Fritz-Grenadiere« hat er 1887, also schon spät im Leben und in Nüchternheit gegenüber Preußen, vier Gedichte geschrieben, von denen das zweite »Bei Torgau« eine über die altbekannte Anekdote hinausgehende Replik der Grenadiere an den ›rasenden‹ und ›drohend bebenden‹ König enthält, die nur vom Dichter dazuerfunden sein kann, weil sie ganz aus der Typik seiner Denkweise kommt.

Friedrich also hat die Drohung – hier schon in moderierter Variante – ausgestoßen: *Racker, wollt ihr denn ewig leben? / Bedrüger* ... Welch letztere Beschimpfung sich die unwilligen Grenadiere nicht bieten lassen: *Fritze, nichts von Bedrug; / Für fünfzehn Pfennig ist's heute genug.* Fontane hat es so arrangiert, daß es nicht nach Söldnermentalität klingt. Der König hat den Ton angeschlagen, sich als den um Dienstleistungen Betrogenen hingestellt. Natürlich, er appelliert an Treue und Eid; aber der staubtrockene Widerspruch erinnert an Geiz und Einseitigkeit: so viel für so wenig. Das Pathos des Anherrschenden reduziert auf die Genauigkeit einer Relation, die sich besser greifen läßt als das, was den erhobenen Stock in Fontanes Siebenzeiler legitimieren sollte: Preußens Recht auf das Leben seiner Krieger.

Der unschätzbare Vorzug des Geldes ist, daß es in jeder Situation die Gegenrechnung aufzumachen ermöglicht. Hinter des Königs Zorn stand kein Gedanke an die Löhnung; sie war eine Fiktion. Aber Geld läßt sich nicht darauf ein, Fiktionen zu dienen. Es ist rhetorikresistent. Wenn es einmal Sold gab, mußte sich das dafür Verlangte daran messen lassen. Es wäre unter dem Druck der Fiktion von Kriegertreue nicht ausgesprochen worden, hätte der besinnungslos tobende König nicht auf das Verrechenbare angespielt, das in der Beschimpfung als ›Bedrüger‹ unüberhörbar ist. Das ließ sich als lange Verhehltes nun im Schnellverfahren der Gegenrechnung widerlegen: Wofür bezahlte er? Womit würden sie bezahlen, ließen sie sich nochmals mit dem Stock in die Schlacht jagen?

In dem unscheinbaren Gedicht, das inmitten der anderen, die die Treue zum König sentimentalisieren, wie versteckt steht, ist der ganze Fontane – auch und nicht zuletzt als einer, der darüber viel nachgedacht hat, *womit bezahlt wird*. Daran weniger, mehr an den Rigorismus des Lukrez in Leugnung der Unsterblichkeit, hat Goethe gedacht, als er gegenüber dem Kanzler von Müller am 20. Februar 1821 des Königs Ausbruch nach Kolin verlegte: wie dieser komme ihm Lukrez *in seinen abstrusen Lehrsätzen* vor, als ließe sich die Todesfurcht derart austreiben. *Ihr Hunde, wollt Ihr denn ewig leben?* Wo sie doch eben dies nicht können würden.

## FONTANE LEGT DAS LETZTE WORT DES FALLENDEN HELDEN AUS

Noch 1857 war Theodor Fontane zur Bewunderung des Heldenglanzes bei Schlachten und bei Frauen so disponiert, daß er den Prinzen Louis Ferdinand, den Neffen des großen Friedrich und von dessen Nachfolger in Festungsgarnison nach Magdeburg auf Distanz zum Tatort seiner ›Verirrungen‹ gebracht, inmitten des Londoner Nebels mit einem Gedicht feiern konnte. Daß er 1806 bei Saalfeld *stolz zusammenbrach*, macht ihn für den Dichter zur Symbolfigur des Landes: *Prinz Louis war gefallen, / Und Preußen fiel – ihm nach.* Das Ominöse solcher Schlüsse ist Fontane geläufig. In dieser Ballade läßt er den leichtfertigen Prinzen am Flügel im Rudolstädter Schloß den übers Maß geliebten Damen zuspielen: *Ich seh' es fallen, enden, / Und wie alles zusammenbricht – / Ich kann den Tag nicht wenden, / Aber* leben *will ich ihn nicht!*

Was in der Melancholie der vorletzten Strophe steckt, ist des Dichters Auslegung der Erinnerungen des Adjutanten Louis Ferdinands, Karl von Nostitz, an den Tag von Saalfeld. Es ist wohl eines der wenigen authentisch überlieferten ›letzten Worte‹, erkennbar schon an seiner Unerfindbarkeit. Den Stich in die Brust empfangend hatte der Anführer der preußischen Vorhut noch ausgerufen: »Est-il possible!« Wie hätte der Tod, das niemals für möglich zu Haltende, angemessener gegrüßt und zugleich beschrieben werden können.

Es ist kein Ausruf der Frage, sondern einer der Evidenz im Augenblick: Der vorhergesehene Tod war doch nicht das vorher ›Gesehene‹ gewesen, das er nicht sein kann; aber er macht staunen, daß er so anders ist, wie er ist. Man kann – wenn man nicht mit dem Dichter auf Preußens Untergang überspringt – nur drumherumreden, wie es treffend im Volkston heißt. Was aber den mit dem Philosophieren Vertrauten verblüfft, ist das Auftreten des Ausdrucks für das ›Mögliche‹ an dieser Stelle. Denn war es nicht der deskriptive Befund aller Arten von Nachdenken über ›Existenz‹, daß der Tod die ›Möglichkeit‹ erschöpft, indem er einfach nichts mehr zuläßt, was als *Sein-zum-Tode* bestimmt werden könnte – *er ist es selbst*, man kann zu ihm nicht mehr sein. *Zu ihm* war der prinzliche Draufgänger noch gerade im Kerzenschein des Rudolstädter Schloßsaals gewesen, als er Musik auf den Tod hin machte. Wohl unhörbar für seine Zuhörerinnen, die das Entgegengesetzte und doch immer Zugehörige heraushören mochten – und sollten.

*Im Augenblick des Todes wählen die meisten das Richtige*, notierte Kierkegaard 1850 ins Tagebuch. Damit blieb er seinen Epigonen von der Existenzphilosophie ganz fern. Für sie ist das Leben Schwund der Möglichkeiten zu wählen, und der Tod dessen Unmöglichkeit. Oder gilt genauso, daß, weil es nichts mehr zu wählen gibt, in jedem Fall das Richtige sein muß, was da geschieht? Man liest das leicht an dem Umstand ab, daß niemals einer getadelt worden ist für die Unsinnigkeiten, die er sich in diesem Augenblick herausnimmt, sogar für die Widersprüche nicht zu allem, was er sonst in seinem Leben gesagt und getan und für diesen Augenblick hochfahrend sich vorgesetzt hatte. Alles ist ihm erlaubt. Der entschiedenste Atheist darf sich noch die Absolution der Kirche seiner Kindheit holen – er wird gelobt von denen, die das erwartet hatten, aber nicht getadelt von denen, die ihm das genaue Gegenteil zugetraut hätten.

Kierkegaard hat selbst gesehen, daß von ›Wählen‹ nur sehr ungenau gesprochen werden kann. Wo der Ernst seine äußerste Verdichtung erreicht, gibt es nur das eine, was not tut, was auch immer es sein mag: *So daß es also etwas gibt, in bezug auf das keine Wahl sein darf und im Begriff nicht sein kann, und doch eine Wahl ist. Also, daß just dies, daß da keine Wahl ist, der Ausdruck dafür ist, mit welcher ungeheuern Leidenschaft oder Intensität hier gewählt werden muß.*[1] Kein Zweifel, worauf Kierkegaard hinauswill. Aber auch unverkennbar, daß er dazu das Paradox der Beschreibung liefert, das ganz unabhängig davon ist, worauf er hinauswill, wohin er sich ›missioniert‹. Ohne diese Abtrennbarkeit seiner Deskriptionen von seinen Dezisionen hätte es seine Wirkung ins gottloseste Philosophieren hinein nicht geben können – sowenig wie dessen Rückwirkung auf die Gottesberedsamkeit des Zwanzigsten Jahrhunderts.

Man kann den Tod nicht beschreiben, er ist sogar das einzige absolut Unbeschreibbare. Gerade deshalb aber sind alle ›vorgegebenen‹ Beschreibungen – Inbegriff des der Philosophie nicht auszutreibenden Trotzes gegen das Verdikt, vom Unsagbaren gefälligst auch nichts zu sagen – einander äquivalent. Es ist der Fall, in dem wir über etwas nicht schweigen können, obwohl wir darüber nicht zu sprechen imstande sind. Da es der Fall ist und mithin zu allem, was der Fall ist, gehört, ist dies etwas von der Welt, sogar vom In-der-Welt-sein.

Im Rückblick auf den Untergang der preußischen Vorhut bei Saalfeld erscheint es nach dem Nachdenken wie die

1 Sören Kierkegaard, Die Tagebücher, ed. Haecker, [4]München 1953, S. 446f.

schönste Selbstverständlichkeit von der Welt, daß der zu Tode getroffene Held eben dies ausruft: »Est-il possible!«

## DIE KLEINE UNSTERBLICHKEIT

Wären die verbotenen Früchte des Paradieses Äpfel gewesen – wie auf den Tafelbildern der Maler –, hätten sie den Vorrang des Weltruhms. Aber sie werden nur als ›Früchte‹ bezeichnet, und wir wissen nicht, welcher Art sie waren. So bleiben die Äpfel der Asen und die der Hesperiden.

Unter den weltliterarischen Früchten wohl nicht die berühmteste, aber die populärste ist die Birne, und zwar die des Herrn von Ribbeck auf Ribbeck im Havelland. Vor Zeiten, als Kinder Gedichte zu lernen pädagogisch noch nicht zu schade waren, plagten sie sich ein wenig mit Fontanes Gedicht, um sich dann ein Leben lang daran zu erfreuen. Mit der Plage ist die Freude aus dem Curriculum exstirpiert worden.

Solange noch solche leben, denen Fontanes Ballade Besitztum ist, wäre es anmaßend, an sie mit Poetik und Hermeneutik heranzugehen. Es war nicht der Garten Eden, was den Birnbaum des Herrn von Ribbeck umschloß; schon deshalb nicht, weil die Kinder nicht hinein durften, wenn sie aus der Schule kamen, doch herangerufen und aus den Taschen des Gartenherrn bedacht wurden. Dem gewährte der Tod, zur ›Herbsteszeit‹ zu sterben und sein Verlangen fruchtbar zu machen, ihm eine Birne ins Grab zu legen. Sonst hätte schwerlich die Mildtätigkeit der Natur ihn überleben können.

Denn der neue Ribbeckherr war knauserig, auch mit den Birnen. Nun erst war der Garten wie der des Paradieses verschlossen und verwahrt. Aber es ging schnell mit dem neuen Birnbaum über dem Grab des toten Herrn von Ribbeck, und es mußte schnell gehen, sollten Baum und Frucht noch der Erinnerung dienen, vielleicht der Kinder jener Kinder schon, die er aus seinen Taschen beköstigt hatte. Die Zeit läßt der Dichter in der Unbestimmtheit des schönsten seiner Verse: *Und die Jahre gehen wohl auf und ab* ... Wer hätte da jemals innegehalten, bevor er selber erfahren hatte, wie die Lebenszeit im Gedicht versteckt war? Daran denken die emsigen Curricularisten nicht, daß früh Gelerntes spät Verstandenes, spät Erfüllendes werden kann, wenn das Leben hungert nach seinen Sinnbildern.

Als Fontane das Gedicht 1889 veröffentlichte, stand bei der Kirche, in ihrer stillen Südwestecke, noch der Birnbaum – ein öffentlicher nun. Das bringt Fontane ein wenig in Verlegenheit, weil er es im Baume flüstern lassen muß: *Wiste 'ne Beer?* – obwohl doch die Schulkinder längst sich ihr Deputat zu holen wissen. Aber: Identität ist Identität, hier die der spendenden Hand. Ich gestehe, daß mich dieses Flüstern und diese (als metaphorisch verkannte) Hand im Kindessinn gestört haben.

Nun werde ich ein durch Fontane reicher gemachtes Leben nicht desavouieren, wenn ich gestehe, daß mir die Lösung mehr zusagt, die eine Vorgängerin im Verdichten der Sage gefunden hat, Frau von Wiedebach, geborene von Witzleben, bei der es so heißt:

*Und als er kam zu sterben,*
*Man in den Sarg ihn legt,*

*Denkt nicht an seine Taschen,*
*Darin er Birnen trägt ...*

So wäre der Herr von Ribbeck gerade vor oder beim Austeilen seiner Birnen vom Tod ereilt worden, und da er den Platz seiner Beerdigung im stillen Winkel der Kirche bestimmt hatte, ergab sich ohne viel ›letzten Willen‹ und ohne viel Pietätsverfall der Nachkommen die Beiläufigkeit des Ausschlagens der reifen Fruchtkerne. Der Frau von Wiedebach mag 1875 kein Meisterwerk gelungen sein. Sie hat es auf den Baum bei der Kirche abgesehen, erzählt eine Ortssage mehr von diesem Baum als von ihrem Verwandten Ribbeck:

*Zu Ribbeck an der Kirche*
*Ein alter Birnbaum steht.*

Nein, sie hätte wohl nicht schreiben dürfen, wie Fontane an Rodenberg schrieb: *Es ist ein gutes Gedicht, was Sie vielleicht schon dem Titel abfühlen.* Die Lokalmuse hatte einen Umweg vermieden, der nicht als Umweg Fontanes Ballade mindert, wohl aber durch Unbehagen an seiner Vermeidung der nächstliegenden und schönsten Lösung. Wie nicht selten bei Fontane: ein klein wenig zuviel.

Das darf man bemerken, wenn man alt geworden ist. Und man darf dann erfahren, ohne Grauen sich mehr noch als je gemeint wissend, daß jener Baum an der Kirche von Ribbeck im Westhavelland am 20. Februar 1911 von einem schweren Sturm gefällt wurde. Gerade noch rechtzeitig, um nicht dem Ende der Epoche ein zu deutliches Zeichen zu setzen.

## EINE ÜBERLEBTE GEDICHTSCHLUSSWEISHEIT

Frau Emilie hatte ihm gerade Theodor den Jüngeren geboren, als der probeweise Auslandskorrespondent Fontane sich in einem ungesund milden Winter 1856 in London niederläßt, vom Druck vermehrter Ernährerpflicht ebenso geplagt wie von Leibesnöten aller Art. Aber der notorisch Zufriedene weiß seiner ebenso notorisch unzufriedenen Hausfrau nach Berlin seine Situation tröstlich zu beschreiben: *Niemand macht sich eine Vorstellung von der äußersten Einfachheit und Schlichtheit meines Lebens hier ... Aber das Leben, das mir mitunter als Ideal einer Existenz vorgeschwebt hat, hab' ich eigentlich hier: still sitzen, wenig Störung, schreiben, lesen und Kaffee trinken.* So braucht er vom Unwohlsein nicht weiter zu sprechen.

In einem Gedicht läßt sich die Diskrepanz zwischen Lebensform und Lebensbefund leichter mitteilen; es mag sein, daß »In der Krankheit«, fünf vierzeilige Strophen, dem Brief von Mitte Dezember 1856 beigefügt war. Es soll den Trübsinn der Krankenstube zugleich vorstellen und austreiben. Denn schon sitzt wieder der Kobold des Reimes auf dem Fensterbrett, bereit hereinzusteigen und dem Dichter zu ersetzen, was vor Zeiten die Muse geheißen hatte, von der man nicht mehr sprechen mag. Anders als sie ist der Kobold des Reimes kein göttliches Wesen, muß es offen lassen, ob die Genesung dem zu Bett Liegenden gelingen wird – sonst, nun sonst ist es auch nicht gegen die Weltordnung: *Und schiedst du d o c h zu dieser Frist, / So tu es ohne Trauern: / Das Leben, weil so schön es ist, / Kann es nicht ewig dauern.*

Mit der Versleistung des Reimkobolds ist hier nicht zu rechten, ist er doch ohnehin die Muse nicht. Aber seine ›Metaphysik‹ ist eigentümlich ähnlich der Fontaneschen. Eine Rezeptur auf den Lebensanteil an den Weltvorzügen: Sie sind nicht unerschöpflich, und wer sein Teil weg hat, muß damit rechnen, auch seine Zeit gehabt zu haben. Merkwürdig ist – neben der Beschwörung von Zufriedenheit gegenüber Emilie –, daß es die Gegenrechnung nicht geben darf: Wer noch nicht sein Deputat am Lebensschönen gehabt hätte, dürfte auf die Dauer Anspruch erheben, die es sich noch summieren ließe.

Aber vielleicht ist diese quantitative Überlegung zu oberflächlich, um auszudrücken, was die Obsoleszenz des Tenors ausmacht. Zunächst: Der Weltordnung nachzusinnen, ihr bei Verborgenheit im einzelnen die Billigkeit im allgemeinen zuzugestehen, das liegt im darauffolgenden Jahrhundert außerhalb des noch Zulässigen. Dann: Der Grundgedanke hat sich, bleibt man bei denselben Mitteln, umgekehrt. Die endliche Dauer gewährt allein dem Leben die Chance der Intensität des Erlebens, auch des Schönen. Dauerte es ewig, würde jeder Augenblick im Hinblick auf noch kommende gleichgültig. Wozu heute ausschöpfen, was doch jederzeit wiederkommen mag? Das Leben *darf* nicht ewig dauern, *damit* etwas an ihm und in ihm überhaupt Zufriedenheit rechtfertigen kann.

Es ist immer bewegend zu hören, daß einer seinen Lebenszeitrest, das siebte oder gar achte Jahrzehnt, dazu genutzt habe oder eben nutze, die Lebensernte einzubringen, nicht zuviel an ›Nachlaß‹ auflaufen zu lassen, was allemal dessen Verwalter entmutigt oder ratlos macht. Und sicher genießt es einer, der geschrieben hat oder noch schreibt, wenn ihm Abschließendes an diesem oder jenem Plan – womöglich am von ihm Höchsterstrebten – gelingt.

Aber es ist – oder kann sein – ein Genuß nicht ohne Reue. Je länger einer gewartet und gezögert hat, sein *FINIS* unter dieses oder jenes zu setzen, um so mehr drängt sich zusammen – nicht nur unter des Autors Händen, sondern erst recht vor des gewünschten Lesers Augen. Es ist ein Problemstück, sicher nicht das diffizilste und subtilste, jenes ›impliziten Lesers‹, den Wolfgang Iser ins Blickfeld gezogen hat: in diesem Fall ein quantitatives. Der Autor muß an den Leser denken, den er zur Resignation angesichts der Quantität seiner Reifungen treiben könnte, an den Entmutigten, der wünschen mag, soviel Lesezeit zu haben für seinen treu im Vollzug gehaltenen Autor, aber die ›Überforderung‹ seiner Zeitressourcen nicht verzeiht. Schließlich möchte er selber leben und erleben, nicht nur leben lassen.

Fontane hatte in seinem letzten Lebensjahr beides: die Befriedigung des Noch-Gelingens und den Zweifel an der Belastbarkeit seiner Leserschaft, Ungewißheit vor dem Zuviel des Gelungenen. Die Erinnerungen an das dritte Lebensjahrzehnt waren in diesem Jahr 1898 erschienen, die Korrekturen des »Stechlin« gelesen; der Verlegersohn würde das Buch auf die Weihnachtsgabentische bringen. Oder war es mehr als genug des Guten geworden? Es mag sein, daß die Mitverantwortung für das Berufsschicksal Friedrichs, des Jüngsten, zu den Skrupeln des Vaters beitrug. Indirekt hat Friedrich das erst 1929 eingestanden, als er in der »Deutschen Allgemeinen Zeitung« schrieb: »Wie mein Vater starb«. Bis zuletzt habe diesen der Gedanke *beherrscht*, es könnte zuviel für das gemeinsame Publikum von Vater und Sohn werden: *Wie eine Entschuldigung klangen die inzwischen bekanntgewordenen Reime, die man auf seinem Schreibtisch fand* und die noch 1898 im »Pan«, der Hauszeitschrift Friedrichs, faksimiliert erschienen. Faksimiliert – wie es sich für ein Memorial gehörte und zum gehobenen Typus der Zeitschrift paßte.

Und doch ist etwas faul an diesem Sohnesopfer. Denn es handelte sich, so unwahrscheinlich es für ein Faksimile der Handschrift klingt, um eine amputierte Fassung des Sechszeilers: *»Zwölfhundert Seiten auf einmal, / Und mit achtundsiebzig! beinah' ein Skandal. / Konntest es doch auf viermal verteilen!« / Ihr könnt es, – aber bei mir heißt es eilen. / Allerorten umklingt mich wie Rauschen im Wald: / »Was du tun willst, tue bald!«* Und eben dieser Geisterzuspruch in Balladensprache war es, den der Sohn tilgte. Ob aus Rücksicht auf den Vater *oder* auf das Publikum, läßt sich schwer entscheiden.

Immerhin muß auch an Emilie gedacht werden, die überlebende Mutter, die eifrig Nachgelassenes abschrieb und wohl auch für Retuschen sorgte, wo es ihr allzu heidnisch vorkam. Ihr am ehesten ist zuzutrauen, daß ihr der letzte Vers, der Zuspruch des rauschenden Waldes, unheimlich klang. Sie wußte, was da nachgesprochen war. Um auf diesen Verdacht für den Schnitt am Faksimile des »Pan« zu kommen, war den Kommentatoren wohl die

Mahnung zu trivial, dem ungefähren Gedächtnis zu vertraut. Doch meine ich, daß man etwas, was das ›Letzte Wort‹ des Dichters gewesen sein kann, nicht auf das Naheliegende einer Phrase reduzieren darf. Fontane wußte sehr genau, wo das stand, wer es zu wem in welcher Bedeutung gesprochen hatte.

Es sind die Worte, die der Evangelist Johannes Jesus beim Abschiedsmahl zu Judas sagen läßt: *ho poieīs poiēson tachion – Was du thust, das tu balde*, heißt es bei Luther. Für die Situation am Abendmahlstisch läßt es Johannes erwähnenswert sein, was Jesus geradezu als Auftrag an Judas hatte sagen wollen: *Dasselbige aber wußte niemand über dem Tische, wozu er's ihm sagete.* Sicher, Johannes legt großes Gewicht auf sein ›Sondergut‹, auf sein tieferes Mitwissen, auf seine Lieblingsjüngerschaft als Traditionsprivileg. Das ist für die Wirkung, die diese Stelle – gerade wegen der Blödigkeit aller anderen am Tisch – auf den Leser ausübt, der das Mysterium der Urheberschaft Jesu am Verrat des Judas aus der Letzten Hand der Evangelisten erfährt, ausschlaggebend.

Fontane war nicht zimperlich, seinem Orakel der Todesahnung dieses stärkste Wort als Waldesrauschen abzuhorchen. Einkalkulierend, wie rasant es mit der Bibelkenntnis der Zeitgenossen – und zumal ihrer Seelenhirten – zurückging. Aber Emilie? Hatte sie es nicht etwa ihn selber ansagen gehört?

Friedrich Fontane dachte ›verlegerisch‹. Er strich seinem wichtigsten Autor faksimilatorisch täuschend die letzten zwei Verse der letzten sechs. Wer seinen Nachlaß vorbereitet, schreibe einiges hinein, was den Geist der Verschonung weckt und sättigt.

Der Theaterkritiker Fontane mochte den Dramatiker Hebbel nicht. Auf seinem Parkettsessel im Königlichen Schauspielhaus hat er für die »Vossin« den kruden Bühnenwidersinn des Wesselbureners durchlitten, hin und her gerissen zwischen Respekt vor dem Übermaß und Abscheu vor dessen Unmäßigkeit. Als er 1884 eine der frühesten Biographien Hebbels erhält, schreibt er an den Verfasser Carl Müller-Grote, dessen ›Held‹ interessiere ihn ebenso, wie er *ihm im höchsten Grade unsympathisch* sei: *Seine Natur widersteht mir, seine Art sich auszudrücken ist geschraubt, geziert, aber die geistige Potenz und daneben der echte Künstlerernst ist so groß, daß ich ihn liebe und bewundre trotz seiner Unausstehlichkeit.* Zwar erschien eine erste Ausgabe der Tagebücher Hebbels 1885/1887; aber die Größe dieser Konfessionen wurde erst mit Verzögerung erkannt. Fontane zielt dennoch mit seinem Urteil nicht zuerst auf das Bühnenwerk. Er weiß, daß in keinem anderen Fall der deutschen Literatur so wenig von Leben und Schicksal abgesehen werden konnte. Und da gab es, bei aller Verschiedenheit der Herkünfte, die Gemeinsamkeit des Willens zur Selbstbildung – gewiß beim widerwilligen Apothekergehilfen nicht mit derselben Erbitterung wie beim hilflos ›liebevoller‹ Hilfe ausgelieferten Dorftölpel. Zur Entbehrung der lockendsten Lebensinhalte verurteilt zu sein, davon wußte auch Fontane etwas, wenn auch nicht mit der Ungeduld und dem Trotz, mit denen sich Hebbel dem Verhängnis widersetzte.

Der Inbegriff der Entbehrung hieß Goethe. Was Fontane davon wußte oder ahnte, wird er 1887 im »Fritz Katzfuß« als in humoristischer Ferne Zurückliegendes vorstellen. Hebbel hat beschrieben, welcher Hinterlist es bedurfte, um im friesischen Heimatdorf an Goethe heranzukommen. Nur einer hatte in Wesselburen einen »Faust«, der Hauptpastor Meyn, und der hielt ihn unter Verschluß. Der ostentative Geiz des Besitzenden reizte den Zorn der Entbehrung. Was schon Nationalbesitz sein sollte, trat als Vorenthaltenes in die Erfahrung. Wie Hebbel sich dennoch für eine Nacht, in der er das Liebesabenteuer eines anderen abschirmte, in den Besitz des »Faust« brachte, gehört längst zu den Legenden der »Wirkungen Goethes«. Doch jene erschlichene Lektüre zwischen Mitternacht und Morgengrauen hatte nichts von dem, was einmal »Wirkungsgeschichte« heißen sollte. Die Frage lautet anders: Was war Goethe, wenn man es sich soviel Lebensentsagung kosten ließ, mit ihm umzugehen?

Das ist auch der Kern in Fontanes »Fritz Katzfuß«. Der so mit Spitznamen gerufene rothaarig-sommersprossige Ladenschwengel mochte den Namen verdient haben mit seiner Gelenkigkeit auf den Leitern des Magazins für Kolonialwaren, denn er verwandelt sich in einen Fritz ›Kratzfuß‹, was immerhin auch eine Qualität in Bedienungskünsten für die Witwe Marzahn andeutet – einen der ›sprechenden‹ Namen, wie sie Fontane mochte, hier eher kalauernd, wenn nicht gar ein schnöder Satzfehler, wie Gelehrte behaupten, die nicht mehr erahnen, wie ein ›Kratzfuß‹ zur Typik der Beflissenheit gehörte. Auch um einen ›sinnherstellenden Druckfehler‹ wäre es jammerschade.

Dem Siebzehnjährigen kommt es auf seine Fixigkeit immer dann an, wenn ein Zeitgewinn herauszuschlagen ist für sein geheimes Laster, auf das ihm die Prinzipalin erst spät und zufällig kommt. Zwischen Heringen und Datteln, Pumpernickel und Apfelsinen, Waschblau und Korinthen wirkt er auf die einkaufenden Hausmädchen eher ›nölend‹; doch wenn er um Sodawasser in den Keller muß, ist es mit der Wiederkehr zum Verzweifeln. Die Witwe: *Wo der dumme Junge / Nur immer steckt?*

Er gibt Rätsel auf, denn unter der Angst der anderen vor Blitz und Donner gewinnt er an Lässigkeit, aber auch verstimmender Überlegenheit: *Kramladenlehrling! Eure Welt ist Kram* ..., sieht man ihm an. Doch einmal, als schweißtreibende Arbeit zu tun ist und er Erleichterung braucht, fällt ihm etwas aus der Tasche, das die Witwe Marzahn nicht nur als Buch, sondern sogar als der Gedichte Goethes ersten Teil erkennt, zerlesen und verwetzt, zumal mit eingelegten Lesezeichen unzweckmäßiger Art: ein Endchen ›Strippe‹, Briefmarkenrand und – *zu glauben kaum* – ein Streifen ›Schlagwurstpelle‹ mit den beidseitigen Fettspuren gerade da, wo »Mignonlieder« drüberstand.

Nun muß man lesen, wie Fontane die Chefin lesen läßt: Und Witwe Marzahn las: *»Dahin, dahin / Möchte' ich mit dir, o mein Geliebter, ziehn«*. Der Verszwang legt, wie es sich für eine Witwe und erst recht für deren Unverständnis gehört, den Akzent auf die zweite Silbe, als sei es Klage, nicht Aufruf der Sehnsucht: Dahīn, dahīn ... Fontanes Subtilität an dieser Stelle, wo alles auf Mißbilligung und Mißverstand ankommt, hat Goethes sorgfältige Vermeidung dieser Deklamationsverfehlung weggelassen. Da stand im Buch, um eine Halbzeile versetzt und mit dem Ausrufebefehl versehen nach dem *Kennst du es wohl? / Dāhin! Dāhin / Möcht ich mit dir, o mein Geliebter, ziehn.* Und das in der dreimaligen

Steigerung. Fontane bewahrte die Witwe vor jeder Einlassung auf den berühmtesten aller Verweise nach dem Reich der Imagination.

Kein Wort bei Fontane darüber, daß die Prinzipalin des Lehrlings Lust sträflich gefunden hätte. Daß der Dichter seinen eigenen Überdruß an der Lehrzeit vor Apothekenregalen verwertet hat, ist allbekannt. Hier geht es nun um mehr, um die Daseinsmetapher eines Lebens zwischen Realien und Historien: *Armer Lehrling, / Ich weiß dein Schicksal nicht, nur eines weiß ich: / Wie dir die Lehrzeit hinging bei Frau Marzahn, / Ging mir das Leben hin. Ein Band von Goethe / Blieb mir bis heut mein bestes Wehr und Waffen* ... Dieser Fritz ist doch tatsächlich ›Ideal‹, ist ›Vorbild‹, sein Goethe hatte ›Kraft und Leben‹ gegeben, und sogar bedenklichen Auftrieb: *Vielleicht auch Dünkel ... All genau dasselbe, / Nur andres Haar und – keine Sommersprossen.* Der Dichter liefert das ganze Material für Hermeneutik samt Choralanklang gratis und franko nach.

## ES STIRBT SICH

Der *small talk* ist von Theodor Fontane im letzten Jahrzehnt des neunzehnten Jahrhunderts in die deutsche Literatur eingeführt worden. Ohne diesen Namen freilich, aber erkennbar als das Residuum jenes »Konversation« genannten Zeitvertreibs, mit dem man der klassischen Definition des Menschen nachzukommen schien, er sei ein sprachbesitzendes Lebewesen. Doch ist es ausgemacht, daß er die Sprache vorzugsweise zum Zweck einer Geselligkeit mit intellektueller Ausstattung besitzt?

Es ist fraglich, ob die Sprache dazu aufgekommen ist, daß wir Gespräche führen und am Ende der schönsten Deutung sogar ›ein Gespräch‹ sind. Dann allerdings klingt es resignativ bis verächtlich, wenn gesagt wird, man habe sich *wenig* zu sagen gehabt – und das gar als Fazit einer abendlangen wohldekorierten und inszenierten Konversation. Doch ist es eine Formel von versteckter Relativität. Man denke daran, wie oft ihr entgegengesetzter Grenzwert zur Kennzeichnung eines erotischen Zustandes von großer Intensität gebraucht worden ist: Sie hatten sich *soviel* zu sagen! Wie zweifelhaft der Indikationswert dieser Aussage ist, ergibt sich schon daraus, daß die Geschichten, die so beginnen oder ihre Klimax erreichen, ihr Ende mit der mehr oder weniger Auslauf zulassenden Formel finden: Sie hatten sich *nichts mehr* zu sagen. Man könnte definieren, Konversation sei der wohltemperierte Sprachgebrauch, der die Dosis des zu Sagenden gleichmäßig auf Lebenszeitmaße verteilt. Man hat sich wenig zu sagen, aber dafür reicht es lange aus. Und weshalb sollte es gegen irgendeine Norm verstoßen, wenn man sich nicht viel zu sagen hat? ›Vielsagend‹, das ist ohnehin eher die Kennzeichnung eines sprachlosen Verhaltens, eines stummen Blicks, einer schlichten Geste.

Der *small talk* ist noch ungenau bestimmt, wenn man ihn in der Toleranzbreite zwischen Viel und Wenig hält. Er ist Residuum gerade in der paradoxen Überschreitung beider Grenzwerte. Man hat sich nichts zu sagen und tut es doch unentwegt: *Zuviel über Zuwenig.* Vollbesitz der Sprache verbunden mit der trainierten Fähigkeit, sie nichts bedeuten zu lassen. Nicht einmal, wenn man an einen im zwanzigsten Jahrhundert begründeten Typus des harten verbalen Schlagabtauschs denkt: der männlichen Maxime, wenig Worte bei viel Taten zu machen. Dagegen sieht der *small talk* wie die rudimentäre Stufe einer mühsam erlangten, nun überflüssig gewordenen Kulturepisode aus. Doch wäre ich vorsichtig, das Rudiment negativ zu bewerten. Es hat pazifizierende, besänftigende Qualität. Es simuliert den so hoch gepriesenen Konsens ohne die Vorstufen der Diskussion und ohne das Risiko des Dissenses: Man verträgt sich, indem man sich keinen Grund gibt, es nicht zu tun.

Nun hat Fontane das, was man damals noch nicht so nannte, nicht nur als Epiker der literarischen Nachwelt vorgemacht. Er hat es auch als Lyriker eingesetzt, um einen besonderen Wert ausübender Sanftmut zu markieren, mit dem das kaum greifbar Atmosphärische, das als ›Verlegenheit‹ über Situationen liegen kann und sie so leicht ›entgleisen‹ läßt wie die Langeweile, abgetragen, aufgelöst, sogar im Wortsinn ›zerredet‹ wird.

Denkt man an Fontanes Zeitgenossenschaft, so gehörte zu den häufigsten Komplexionen von Pflicht und Unlust die Teilnahme an Begräbnissen. Kultur und Barbarei sind im Zeremoniell der Totenverabschiedungen einen seltsamen Bund eingegangen – und Fontane, der den längeren Teil seines Lebens hindurch Übergesellige, hatte ›Erfahrung‹ im Friedhofgehen. Es war nicht leicht, Überlebender zu sein. Und erst recht nicht, es so zu tun, daß man weder zum Neid der Götter noch zum Ärgernis der Jüngeren wurde, die so sich zu gebärden hatten, als trauten sie dem Alter Weisheit und Würde zu. Zum Glück, das ist vorbei; die Alten können die Torheit des Alters voll genießen.

Vom *small talk* im Gedicht sollte die Rede sein und von

dem auf dem Friedhof dazu. In einer 1889 veröffentlichten Sequenz von neun kurzen Gedichten »Aus der Gesellschaft« steht als Glanzlicht »Der Subalterne« mit einer Frühform des inneren Monologs, ausgehend in die Lebenssumme bei Ordensempfang: *Ich habe nicht umsonst gelebt.* Und es steht da auch »Auf dem Matthäikirchhof«. Wieder der Blick des Subalternen, dem die sonst einigermaßen vertrauten ›Offiziellen‹ bei Anlässen ›was Fremdes‹ haben: *Besonders, wenn sie wen begraben.*

Läßt es sich nicht vermeiden, etwas zu sagen, so ist *der Gesprächsgang vorgeschrieben*: Der Kirchhof, der Prediger, die Erben. Das läßt sich sowenig zitieren wie späterer *small talk*. Aber Fontane beherrscht die Pointe, die im Mißverhältnis des Verhältnismäßigen sogar Komik der Genauigkeit haben kann: *Oder: »Der Tote, hat er Erben? / Es ist erstaunlich, wie viele jetzt sterben.«*

Das Immerwahre als das Destillat des Nichtssagenden – damit schließt der Einakter *in nuce*.

## »LEBEN«, EIN FÜNFZEILER

Als hätte er verhindern wollen, zum ›Klassiker der Moderne‹ zu werden, ist Theodor Fontane im vorletzten Jahr des Jahrhunderts gestorben, dem ganz zugehörig man noch ein ›klassischer Klassiker‹ werden konnte. Doch drängt sein letztes Werk, »Der Stechlin« – den er nicht mehr als Buch in der Hand halten konnte –, auf die Grenze zu und vielleicht schon über sie hinweg: Symptom dessen zumindest ist, daß wir bis zum Tage nicht sicher wissen, ob dieser Roman Fragment geblieben ist und seine Verabschiedung in die Setzerei damit eine letzte der Resignationen, von denen dieses Leben und sein Werk gezeichnet – durch die sie ›ausgezeichnet‹ sind.

Weil Fontane gerade noch ›Klassiker‹ werden konnte, gibt es über ihn – wie es sich für einen Klassiker gehört – philologischen Dissens. Nicht nur über den Fragment-Status des »Stechlin«, nicht nur über die richtige Aussprache seines Namens, den mit dem Schluß-›e‹ zu nennen den Gebildetsten geläufig ist, obwohl eine lückenlose Familientradition darauf bestand, er selbst habe auf hugenottischen Endungsschwund Wert gelegt. Nein, es ist ein mittlerweile weltliterarisch gewordener Philologenstreit von hoher Dignität, dessen Spuren über fast ein halbes Jahrhundert hinweg im essayistischen Werk von Thomas Mann verfolgbar bleiben, der sich bei keinem anderen seiner Vorgänger so des nahtlosen Anschlusses bewußt war wie bei Fontane, zu dem er im Abstand von 44 Jahren Frühestes und Spätestes gesagt und schönste Rechthaberei betrieben hat.

*Nachfolger Fontanes* werden zu können, hatte Richard Dehmel dem Zwanzigjährigen zugetraut: 1895, als der ›Vorgänger‹ noch gar nicht sein Letztes gegeben hatte. Und als er 1910 mit den »Buddenbrooks« die Einlösung der Prophezeiung schon hinter sich hat, schreibt er vom *Gefühl tiefer Verwandtschaft* zu Fontane, den er den »Vater« derer nennt, die für den deutschen Roman als Kunstform *die ästhetische Ebenbürtigkeit neben Drama und Lyrik zu erwirken gesonnen sind*. Und darauf war Thomas Manns Existenz sowohl angelegt als auch angewiesen. Fontane hatte den Satz möglich gemacht, den der ›Nachfolger‹ jetzt über ihn schrieb: *Er war ein Sänger, auch wenn er zu klöhnen schien.*

»Der alte Fontane« hieß die zum Essay erweiterte Besprechung der »Zweiten Sammlung« der Briefe Fontanes, zuerst in der »Zukunft« Maximilian Hardens vom Oktober 1910. Fontane sei, das etwa ist die These, geboren gewesen, um alt zu werden: Alt mußte er werden, um *ganz er selbst zu werden.*[2] Das sei eine Behauptung, äquivalent der, daß es *geborene Jünglinge* gebe. Bei dieser ›genetischen‹ Symmetrie ist Vorsicht auch dann geboten, wenn man zustimmt, über den jungen Fontane lohne es sich nicht recht, etwas zu sagen. Vorsicht, denn die ›genetische‹ Determination des Alten begünstigt die Illusion, es müsse ihm das Bestimmte nicht anders zufallen als den Jünglingen ihr naturhafter Anteil. Die vordergründige Symmetrie macht verschwinden, in welchem Grade die Alterserfüllung mit der ›Kunst der Resignation‹ zusammenhängt und diese mit der akzeptierten Nähe zum abrupten Schluß. Die ›wesentliche‹ und ästhetisch irreduzible Ungewißheit der formalen ›Vollendung‹ des »Stechlin« ist dafür das Indiz.

Die Mahnung zur Vorsicht gegenüber Thomas Manns These, Fontane sei zur Altersreife geboren gewesen, muß schon im Hinblick auf den Schluß des frühen Essays ausgesprochen werden, den der erst postum veröffentlichte Fünfzeiler bildet, der Fontanes ›letztes Wort‹ sein könnte und der jedem so vertraut vorkommt, als hätte man ihn seit langem vor sich hingesprochen.

Vertraut? Man lese genau:

*Leben; wohl dem, dem es spendet*
*Freude, Kinder, täglich Brot,*

2 Thomas Mann, Leiden und Größe der Meister, Frankfurt/M. 1982, S. 587

*Doch das Beste, was es sendet,*
*Ist das Wissen, das es sendet,*
*Ist der Ausgang, ist der Tod.*

Man liest das flüchtig, weil Schlüsse schon im Schwund der Aufmerksamkeit vernommen werden; vor allem aber, weil man das zu genau zu kennen meint, um schärfer hinzusehen. Das würde man wohl auch nicht tun, gäbe es nicht von 1920 die Einlassung in der »Vossischen Zeitung« – dem einstigen Forum des Theaterkritikers Fontane – mit dem herausfordernden Titel »Der gerettete Fontane« (man denke daran, daß Titel von Zeitungsbeiträgen nur in den seltensten Fällen vom Autor stammen). Bei der Aufnahme in »Rede und Antwort«, die Sammlung von 1922, ist die Anmaßung neutralisiert: »Über einen Spruch Fontane's.« Diese Zurücknahme ist nicht im Sachstand begründet. Erst viel später, ganz am Lebensende, hat Thomas Mann seine einstige Selbstsicherheit wanken lassen, die wohl auch damit zu tun hatte, daß der 1910 Zitierende sich selber auf der Seite jener sah, die geboren sind, es früh zum Meisterlichen zu bringen – obwohl doch die »Buddenbrooks« die fast parodistische Fähigkeit zum Altersreifeton nicht verleugnen können.

Wer den Schluß des Essays von 1910 hellhörig lesen sollte, würde heute vermuten, der allzu jung Erfolgreiche habe da eine ›Fehlleistung‹, sogar etwas Verdrängungsverdächtiges zustande gebracht. Denn man ›weiß‹ seither, daß es anders heißt, woran keine maßgebende Edition zweifeln läßt: *Doch das Beste, was es sendet, / Ist das Wissen, daß es endet, / Ist der Ausgang, ist der Tod.*[3] Das ist nicht Ergebnis ge-

3 A.a.O. S. 620

naueren Lesens der Handschrift, denn es gibt sie nicht mehr. Es ist die Übernahme einer Konjektur, die Otto Pniower am 5. Mai 1920 in der »Vossischen Zeitung« veröffentlicht hatte, gegen die Thomas Mann ebendort am 8. Juni mit dem gereizten Hochmut dessen, der ein Jahrzehnt zuvor ›richtig zitiert‹ zu haben beanspruchte, Verwahrung einlegte.

Der Streit fand Anklang: *Ich zähle die Briefe nicht, die ich nach beiden Veröffentlichungen erhielt und in denen man mir versicherte, ich hätte falsch zitiert, so könne es nicht heißen, das sei ja Unsinn* ... Und außerdem sei es noch häßlich, dieses doublierte ›sendet‹. Aber einer, der sich ausdrücklich auf seine *Liebe zu dem Spruch* berufen konnte, ließ sich nicht beirren, erwähnte die Briefe abweisend, schließlich gar nicht mehr, den Schreibern die Genugtuung lassend, *sich Dichterworte, die sie nicht verstanden, nach ihrem Geschmack zurechtzulegen*... Nun aber hatte *ein Schriftgelehrter von dem Ansehen des Herrn Pniower* das Maß voll gemacht, und es galt nicht nur ein fehlerinnertes Zitat zu verteidigen, sondern den ›alten Fontane‹ selber: *das Gangbarmachen einer Version zu verhindern, von deren Unrichtigkeit ich wie von wenigen Dingen in der Welt überzeugt bin.*

Wenn ein ironischer Skeptiker spricht, der gerade vor einem seiner größeren Überzeugungswechsel steht, mag die Bekräftigungsformel nicht sehr stark sein. Zumal es keine Appellation an eine andere Instanz gab als an ›Liebe‹ oder ›Geschmack‹ – die Aufforderung, endlich in die Handschrift zu sehen, ging ins Leere. Zwei ›intuitive Sicherheiten‹ standen einander gegenüber. Auf der Seite der ›Liebe‹ die rhetorisch mächtigere, denn eingestandenermaßen: *Liebe möchte nicht lächerlich werden.* Sie ist es, die sagen läßt, daß

Herr Pniower irre, *das behaupte, weiß ich und stelle ich fest …* Der Apodiktische bebt um eine Pointe, die nur er sieht, um die Bewahrung des Großen vor dem Anheimfallen an die Banalität, an das des Sagens Unbedürftige: *Dies glauben heißt nicht teilhaben an seinem äußerst reizbaren Sinn für das Verbrauchte, das aus Trivialität Unmögliche … Und nun sehe man nach.* Sollte S. Fischers Autor wirklich nicht gewußt haben, wirklich sich Information nicht zu beschaffen vermocht haben, daß es Nachsehen nicht geben konnte?

Unsere Lage hat sich nicht geändert. Was kann man anderes tun als die Freunde Thomas Manns zu beschwören, sie möchten sich durch ›Liebe‹ nicht verführen lassen, allein die Abwägung beider Versionen gegeneinander auf sich wirken zu lassen? Dann wäre es nicht einmal gute ›Philologie‹, besänftigend den Brief an einen amerikanischen Leser aus dem Jahre 1949 anzuführen, in dem Thomas Mann auf Anfrage zugibt, er sei sich *nicht mehr ganz sicher*, halte es sogar inzwischen *im Stillen für möglich*, daß der ›alte Fontane‹ gemeint haben konnte – *doch nur* gemeint, wie es nachsichtig gegenüber Trivialität heißt –, es sei *gut zu wissen, daß alles einmal ein Ende nimmt.*

Dieses Zugeständnis ist störrisch. Auf *alles* war es doch gerade nicht abgesehen. Widerwillig kommt die Allgemeinplätzigkeit heraus, die der frühen Variante immer noch ihr Recht – sogar ein ›höheres‹ Recht zuspricht. Daher auch das Festhalten in der Fassung der Meister-Essays vorletzter und letzter Hand, es sei jene Version, *von der ich noch heute wünschte, Fontane hätte sie gemeint und gewählt.* Darauf spitzt es sich für den späten Leser zu, darauf kommt es nach Ausschluß des ›Nachsehens‹ an: ob man diesen Wunsch teilen kann, darf, soll. Ist das überhaupt eine Frage des ›Geschmacks‹? Oder der ›Liebe‹? Oder nicht vielmehr eine Sache der Konsistenz?

Es gäbe die einfache Lösung des Problems: es sei das Vorrecht der Jugend, an den Tod nicht zu glauben, und es falle ihr lästig, die Alten ihn unter den Titel »Leben« stellen zu sehen, als gehöre er dazu. Dann wäre der, der *alt, sehr alt werden mußte, um ganz er selbst zu werden,* legitimiert vom durchlebten Leben, nicht vom anstehenden Tod. Der ›Nachfolger‹ projizierte damit einen Lebensbegriff, der ihn selber niemals todesfällig werden ließe, auf den ›Vater‹.

Diese einfache, allzu einfache Lösung läßt Thomas Mann gerade dort nicht durchgehen, wo er beim Fünfzeiler »Leben« ansetzt. Denn das Paradox der als künstlerisch-menschliche *Verjüngung* sich darbietenden physischen *Vergreisung* schließt ein, daß *erst Todesreife wahre Lebensreife* sei und diese *seltsame und liebenswürdige Natur dem Empfange der letzten Antwort entgegen gereift* war. Daß diese Phrase nur noch ein schlichtes ›und‹ von dem *schönen Spruch* trennen konnte, ist schlechtweg unfaßbar. War jenes Paradox von Vergreisung und Verjüngung, Todesreife und Lebensreife, aus einiger Einsicht erzwungen, so mußte der Spruch sogar für den, der keinen Textausweg kannte, inkonsistent anmuten – und er hätte erleichtert aufatmen müssen, als ein Jahrzehnt später Herr Pniower in der »Vossischen« seine Emendation anbot.

Wenn man es so sehen läßt, braucht man sich auf die ästhetische Alternative gar nicht erst einzulassen. Der Nachlaßspruch ist ganz eingebettet in die ›Kunst *der* Resignation‹, in die ›Kunst *als* Resignation‹, wie sie Fontanes späte Meisterschaft ausmacht. Weshalb sollte auch Friedrich Fontane, der zum Verleger seines Vaters geworden war, mit seiner Abschrift – die unsere einzige ›Quelle‹ geblieben ist – den vielfältig variierten Sinn der *Seifenblasen* oder des *Butterstullenwerfens* so gründlich verfehlt haben: *Ein Kräuseln noch einmal, ein Tropfen blinkt, / Und dann Ruh und Stille – der Stein versinkt.*

## ERSTGEDRUCKTES

Gesamtausgaben enthalten immer mehr als genug. Dem etablierten oder werdenden Klassiker gewinnen sie deshalb selten neue Freunde, befriedigen aber die, die es schon sind und sehen möchten, was zwischen dem Überragenden, das sie für diesen Autor gewann, als Übergang und ›Landschaft‹, als Probe und Vorspiel, als Etüde und Pensum lag. Dazu gehören oft und gern die vom späteren Meister sekretierten, entlegen-ungefundenen ›Jugendwerke‹. Manchen Verehrer genieren sie, wie den nachgereiften Urheber, manchen anderen bestärken sie in der Wahrnehmung dessen, worauf es hinauslief. Oft allerdings ist das ›finale‹ Schema, alles Frühere sei um des Späteren willen notwendig und recht gewesen, nur der Trost des überfütterten Freundes. Bei Gedichten zumal könnten es gar nicht wenig genug sein – aber wer darf dem Liebhaber die Wahl vorwegnehmen?

So liest, wer ein Leben mit Fontane verbracht hat, am Ende tausend Seiten Gedichte, einfach um sich ›nichts entgehen zu lassen‹. Und immerhin: Nach einem Jahr der kleinen Rationen – um gedichtspezifische Allergien zu vermeiden – hat sich ein Fundus an Funden, Beobachtungen, Vorausblicken und sogar Genußreichem auf dem weiten Feld der ›Vollständigkeit‹ gebildet, der sogar die 1966 von Walter Keitel erstmals edierten »Frühen Gedichte« einschließt. Sie entstammen nicht nur den für die Mutter zusammengestellten Handschriften der beiden »Grünen Bücher« und der »Gedichte eines Berliner Taugenichts«, sondern auch verschollenen Druckwerken, periodischen Vorgängern der unverächtlichen »Gartenlaube«, wie dem »Berliner Figaro« und der für das Zeitalter der Beschleunigung bezeichnend benannten »Die Eisenbahn. Ein Unterhaltungsblatt für die gebildete Welt«. Im »Berliner Figaro« entdeckte Fontane seine Begabung für die Ballade – und mehr noch: seine Wirkung durch sie. 1835 entstanden, 1840 dort gedruckt, war »Vergeltung«: das Ende des Pizarro in drei Bildern behandelnd, Einstieg in das Genre seiner Erfolge, vor den »Wanderungen« und vor dem so spät erst gewagten Roman.

Unmittelbar neben der ersten Ballade stehen der Chronologie nach vier Gedichte aus der ersten Erzählung »Geschwisterliebe«, die also in einer Gesamtausgabe wiederkehren müssen und in ihrer ›romantischen‹ Epigonie dem Leser einiges zumuten. Aber der Autor selbst hat das in fünf Fortsetzungen des »Berliner Figaro« 1839 erstgedruckte und trotzdem erst 1966 ans Licht gebrachte Stück für seine Biographie revitalisiert, indem er den Triumph, sich gedruckt zu sehen, auf den Tag seiner Gehilfenprüfung als Apotheker und auf den daraufhin fälligen Caféhausbesuch zwecks Zeitungsgenuß verlegte. Solche Koinzidenzen sind Mittel zum Gewinn (fast) reiner ›Bedeutsamkeit‹, für die nüchterner Philologenfleiß nur abträglich werden kann. Aber wer weiß schon, daß man sich je über ihn hermachen wird?

Fontane kann, als er die Erinnerungen »Von Zwanzig bis Dreißig« schrieb und mit dem Kapitel »Berlin 1840« eröffnete, kein Belegstück des »Berliner Figaro« mehr zur Hand gehabt haben. Sonst könnte ihm nicht der winzige, aber für das Namensproblem aufschlußreiche Fehler unterlaufen sein, die Entdeckung seines Beitrags unter der eben entzündeten Gaslampe der Conditorei d'Heureuse um *einen* Buchstaben zu verfehlen: *In mir war wohl die Vorahnung eines großen Ereignisses und so kam es, daß ich eine kleine Weile zögerte, einen Blick in das aufgeschlagene Blatt zu tun. Indessen dem Mutigen gehört die Welt; ich ließ schließlich mein Auge drüber hingleiten, und siehe da, da stand es: »Geschwisterliebe, Novelle von Th. Fontane«,* ... Nun ist das alles, inszeniert mit der Lichtentzündung im dämmernden Tag, schöner als die Erzählung selber; doch hatte der Verfasser anders unterzeichnet, nämlich mit dem die vergeblich gewünschte Aussprache seines Namens signalisierenden »Fontan«. Und dies stand nur und erst unter der letzten der fünf Fortsetzungen am 21. Dezember 1839, während die Apothekerprüfung am 19. Dezember stattgefunden hatte. Nur ungern läßt man sich gegen des alten Dichters Erinnerung vom Lebensende her belehren, was ihm als in der Gleichzeitigkeit verbürgte Lebensverheißung erschienen war.

In der Gedichtausgabe hat das vierte und letzte Stück aus »Geschwisterliebe« seine Überschrift nur als Vorziehung des ersten Verses – und daher ohne das dem zweiten folgende sinngebende Fragezeichen: »Wie, ist es mein ewiges Leben.« Der Leser wird vor ein Rätsel gestellt, das des ›lyrischen Subjekts‹, wie man viel später zu sagen lernte. Aber es ist keine Verrätselung der durch ästhetische Theorie geschuldeten Art: ›Dunkelheit‹ aus Rücksicht auf Poetik und Hermeneutik. Erst die letzte Strophe stellt den erschreckten Leser vor das ›romantische‹ Faktum, daß er es mit dem Lied eines Scheintoten zu tun hat.

Am lichten Lebenstage blind, erwacht er nun im Grab und hört die Trauergäste, wie sie weinen vor Freude, *ihn* im Tode glücklich zu wissen, nachdem sie *sich* an der Verteilung seiner Habe beglückt hatten. Dessen mit dem Sinnesorgan, das dem Blinden nun weiter dient, Zeuge geworden, lacht und jubelt der Erwachte laut: *Weil ich mit erblindeten Augen / Das menschliche Herz noch durchschaut.* Es wirkt wie ›Säkularisierung‹ der theologischen Lehre von der beglückenden Anschauung der letzten Wahrheit nach dem Tod: Man muß im Grabe liegen, um der Wahrheit gewahr zu werden, die das Leben vorenthält. Darin ist der blinde Scheintote eine Metapher für die Wünsche des Dichters, der im letzten Vers mit seinem ›lyrischen Subjekt‹ verschmilzt. Die fromme Resignation des Blinden, die mit dem Gebet an den Vater im Himmel einsetzt, ihn aus Erbarmen sterben zu lassen, schlägt um in die boshafte Freude des Lauschers aus dem Grabe, den Lebensfrohen auf ihre Schliche gekommen zu sein. Der Schnitt vom Gebet zur boshaften Belauschung ist so hart, daß der Leser erst von der Pointe her bemerkt, daß er in den Irrealis überspringt: *Dann kämen die lachenden Erben / Und scharrten gar hurtig mich ein / Und schmausten im Trauerhause / Bei Leichenkuchen und Wein.* Die Grammatik des ›lyrischen Subjekts‹ enthüllt, daß es einen Todeswunsch ausspricht, den berufstypischen eines Dichters, der sich noch gewährt wissen möchte, der Wahrheit des Menschen auf die Spur zu kommen.

Soweit kommt man mit dem Gedicht, ohne die »Geschwisterliebe« zu kennen, und das spricht für das Gedicht bei aller Epigonalität der Besetzung mit Blindheit und Scheintod. Fast täte man besser, sich die Geschichte zu ersparen – aber wer kann das, nachdem er beim todnahen Fontane gelesen hat, wie es ihm am Anfang mit diesem Opus ergangen war? Also liest man und sieht, wie das Lebensthema schon in den ersten Zeilen angeschlagen ist: die Mark Brandenburg, eine ihrer ältesten Städte, wie sich versteht: Neuruppin, Geburtsort des Dichters, und der große Brand von 1787, der nur ein paar Hütten an der Ringmauer verschont hatte. Die Meisterschaft, die sich in der historischen und lokalen Bestimmung der Szene verrät, weist auf Künftiges voraus; die auf diesem Schauplatz spielende Geschichte verfällt auf das Niveau, das man der Nachfolgerin des »Berliner Figaro«, der »Gartenlaube« – obwohl erst ab 1925 *in Berlin* erscheinend, zuvor von Leipzig seit 1853 aufs Berliner Publikum gezielt –, zu ihrem einzigartigen Erfolg nachsagen sollte. Rudolph also, *der nie das Licht der Welt erblickt hatte*, hat sein Auge durch Clärchen, die Schwester, der er es – Vervollständigung des romantischen Requisits: auf der Harfe – vergilt. Daß ihm *Licht und Menschen* fehlen, bereitet auf den Scheintodeswunsch vor. Zu den liebenden Geschwistern stößt der neue Prediger an der alten Klosterkirche, Eisenhardt, mit dem Rudolph die Liebe der Schwester nicht wird teilen können. Vereinigung der Liebenden, Trennung der Geschwister, Schwindsucht Claras im Wortsinn, nach ihrem letzten Willen Vereinigung der Überlebenden zu einem Bündnis, dessen Bestätigung durch den fast gleichzeitigen Tod, der nichts vom gewünschten Scheintod des blinden Harfensängers haben wird.

Man kann sich Fontane nicht einmal in der Conditorei

d'Heureuse unter der Gaslampe über dem »Berliner Figaro« als Leser dieses Märchens vorstellen. Er selber wird es sechs Jahrzehnte später nur gekonnt haben, weil er die glückliche Konjunktion jenes Tages, nicht die Abdrucke des Textes, neben den Korrekturfahnen des »Stechlin« vor Augen hatte.

## EINE FAUSTIADE OHNE FAUST

*Heine von Göttingen*, steht in Goethes Tagebuch unter dem 2. Oktober 1824. Der Besucher hatte den Harz durchwandert und nahm, wie man es schon damals auf Reisen tat, die Gelegenheit zur Besichtigung des Olympiers wahr, dessen Hinfälligkeit ihn bestürzte. Umso mehr mochte ihn die wohlmeinende Nachfrage reizen, womit er sich gerade beschäftige, die hochfahrende Antwort zu geben: *Mit einem Faust.* Goethe zuckte zurück und ließ sich auf weiteres nicht ein. Erst im folgenden Jahr nahm er die Arbeit am Abschluß seines »Faust« wieder auf, der schließlich doch der mit der Emphase des bestimmten Artikels bleiben sollte. Trotzdem hat jene Besuchsszene mit ihrer Herausforderung hohe Prägnanz für die romantische Austeilung des Heiligen Geistes der Genialität an jeden, der nur daran glauben wollte. Heine hat es noch im selben Jahr 1824 zu Eduard Wedekind gesagt, sein Faustprojekt werde nicht mit Goethe rivalisieren – *nein, nein, jeder Mensch sollte einen Faust schreiben.*[4]

4 Gespräche mit Heine, ed. H. H. Houben, S. 90. Vgl. dazu: Hans Blumenberg, Arbeit am Mythos, Frankfurt/M. 1979, S. 309 ff.

Nun kann man Heines Postulat zum Anlaß nehmen, die »Fauste« zu suchen und aufzuzählen, zu denen *jeder Mensch* sich befugt und motiviert sehen sollte. Man kann sogar nach den ›gesellschaftlichen‹ Mißbedingungen fragen, die so viele von allen daran gehindert haben könnten, je *einen Faust* zu schreiben. Dann blieben noch die womöglich interessanteren Fälle, wo einer seinen »Faust«, obwohl schreibgewandt und -lustig genug, aus seinem Programm ausgespart, als mit diesem und sich selber unverträgliche Versuchung oder Zumutung weggelassen hat. Dabei sind auch solche literarischen ›Fälle‹ sorgfältig abzuwägen, in denen ›das Faustische‹ gewollt oder ungewollt unter einem anderen Namen durchgearbeitet worden ist: Auch ›Unfauste‹ halten sich ans Pensum. Doch immer noch bleiben die, denen man nach aller Kenntnis eines Lebenswerkes und Lebenssinnes ihren »Faust« absprechen muß – nicht nur als das faktisch nicht Auffindbare, nie Geleistete, sondern als das ihnen Fremde, niemals Erwogene, Ausgeschlossene. Es ist nicht ganz müßig, die Namen bedeutender Urheber zu nennen, bei denen sogleich zu entscheiden wäre: Bei dem nicht! Dieser hätte *einen Faust* nicht einmal schreiben dürfen, wenn er aus kontingenten Gründen – dem eines exorbitanten Verlegerhonorars etwa – Vorsatz oder Fragment gemacht hätte. Lebenswerke, die *einen Faust* nicht zuzulassen Gewißheit geben – auch das wäre ein Leitfaden ästhetischer Ergiebigkeit.

Man mag sich eine Runde von Literaturfreunden – etwas mehr als ein ›Quartett‹ etwa und ohne Zuchtmeister, der Nennungen fürchten lehrt – vorstellen, die kurzweg vor die Frage gestellt wäre: Wer konnte, wollte und durfte Heines Postulat nicht ins Werk setzen? Ich wäre sicher, daß einer der fallenden Namen – und sei es nur von mir kommend – der Name Fontane sein würde. Er ist der Faustfernsten einer, darauf darf man setzen. Und doch würde man, seit wir sehr Frühes von ihm kennen, den Einsatz verlieren.

Das wiederum ist erstaunlich genug, um es nicht auf sich beruhen zu lassen. Im Märzheft des 69. Jahrgangs 1926 von »Westermanns Monatsheften« erschienen unter dem an David Friedrich Strauß anklingenden Titel »Der neue Glauben« Bruchstücke aus einem bis dahin unbekannten Frühwerk Fontanes. Walter Keitel hat in seiner Ausgabe der frühen Gedichte und Fragmente von 1964 den Bestand im Nachlaß vollständig und einsichtig geordnet wiedergegeben, vor allem auf eigene Titelmystik verzichtet, indem er den ersten Vers »Tod und Teufel saßen zu Tisch« dem ganzen Komplex zur Überschrift gab. Hat man erst einmal bemerkt, wie ostentativ sich der etwa dreißigjährige Fontane des »Faust«-Metrums, des Knittelverses, bedient, hat man es nicht weit bis zu der Vermutung, der Teufel habe um diese Jahrhundertmitte seine Hiobszene mit dem Tod als seinem Gast und Zechgenossen in der Hölle. Das wäre, wenn mit keinem Gott mehr zu verhandeln ist, das genaueste Pendant zum »Vorspiel im Himmel«, wo freilich Mephisto auf niederem Niveau als Narr vor seinem Herrn erschienen war. Dieser Gast macht seine Komplimente über die elegante und gemütliche Ausstattung der Hölle, bis hin zur Paradiesesschlange als Klingelzug: *Welche witzige, feine Idee!*

Der Teufel winkt solchen Förmlichkeiten ab: *Jeder wohnt nach seinen Kräften, – / Sprechen wir lieber von Geschäften.* Der Tod scheine nicht vertragstreu zu sein: *Daß ihr nicht ehrlich mit mir handelt / Und, soweit sich's machen läßt / Dem da drüben die Kunden preßt.* Das ist der einzige Fingerzeig auf den alten Gott der vormaligen Wette um Faust: *Hab' ich's darum, statt mit dem Alten / Immer schon mit Euch gehalten...?* Gewiß, es hatte biblisch klar genug dagestanden, daß mit der Sünde der Tod und mit dem Tod die Sünde in die Welt gekommen sei – aber faktisch hatte der Tod, indem er Heilsbesorgnisse weckte, die Sache von ›dem da drüben‹ betrieben. Und dies vor allem durch Verzug im Zugriff, Gewährung von Bedenkzeit nach frischer Untat: *Müßtet sie, wenn sie vom Apfel naschen, / Überrumpeln und überraschen, / Daß sie, noch warm, mit Haut und Haaren / Her in meine Küche fahren. / Aller Pfaffenherrlichkeit / Lasset Ihr immer noch Raum und Zeit.*

Der Tod sieht das anders: als diabolischen Kunstfehler. Dem Versucher fehle es am Konzept, an der Theorie zur Verwirrung der Geister. Die alte Unterscheidung von Gut und Böse, mit deren Lockung er seine erste Verführung zum Erfolg gebracht hatte, diese Unterscheidung müsse wieder aus der Welt: *Was da gut und was da schlecht, / Müßt Ihr nicht nur in Zweifel lassen, – / Müßt selbst einen Katechismus verfassen!... / Wollt Ihr hinfort mehr Zuzug haben, / Müßt Ihr die Gruben schlauer graben... / Und vor allem mit ›neuen Lehren‹ / Alles verwirren und verkehren.* Der Tod wird sein Deputat erbringen, wenn die ideologische Verwirrung groß genug ist, für Heilsbesorgnisse aller Art kein Besinnen zu lassen.

Gäbe es einen Zweifel daran, daß Fontane mit knittelndem Schwung eine Faustiade in Angriff genommen hatte, würde er behoben durch den Auftritt einer höllischen Helena mit allen Reizen, die das Hirn des noch unbeweibten

Dichters ausdenken konnte. Um eine Probe herauszugreifen: *Hoch ihr Busen, ihr Auge blau* ... Der Teufel bittet zum Tänzchen, und der Tod, *ein genüsselnder Späher*, tritt *näher und immer näher* – was zu keiner Vereinigung mit Euphorion-Folge führt, sondern die Allmacht des Todes sogar in der Hölle erweist, indem das herrliche Phantom zum dürren Skelett einschrumpft, wie es seine Art hat, wenn der Tod sich nähert. Die Hölle läßt die Illusionen erblühen, der Tod reduziert alles auf seine ›Realität‹. Und wie alle Realisten, denen die Realität, von der sie geredet haben, nicht erspart bleibt, mißtraut er schließlich der eigenen, macht an ihr die einzige der Proben, die es hier gibt, sich mit dem Tastsinn zu vergewissern: *Traun der Tod, nach dem eignen Skelett / Griff er, ob er's noch bei sich hätt'?* Nicht fern liegt Faustens Illusionsfähigkeit, als das Geklirr der Spaten ihn ergötzt und er im Landgewinnungswahn das Stichwort zur Pakteinlösung gibt – auch er ein Verjüngter, der nun so fällig wie hinfällig ist. Fontanes Höllenweib ist eine Allegorie, bekennt es: *ich bin die Lüge*. Ihr Repertoire ist nicht mehr hinlänglich für die Welt, auf der sie sich auszuspielen hat. Vom Tod weiß der Teufel nun, daß es mit Schein und Trug nicht getan ist; eine neue Wahrheit muß her, die die höfliche Distanz des Zweifels und das Wohlwollen der Toleranz nicht mehr zuläßt: *Drum – und wär's mit den fettesten Pfründen, / Müssen wir selber 'nen Glauben gründen. / Jeder Glaube, ob falsch, ob recht, / Findet sein Märtyrergeschlecht, / Und der unsre – nach Scheiterhaufen / Sollen sie nicht vergeblich laufen.*

Zwar läßt das Vorspiel in der Hölle noch keinen Faust erkennen, wohl aber, was in diesem Jahrhundert nicht mehr ›das Faustische‹ sein kann, hervorgehend aus jenem

Studierstubenkatalog des *Habe nun ach…* Zwar sind die ›Welträtsel‹ noch nicht ganz gelöst – das neunzehnte Jahrhundert hat immerhin dazu noch seine erkenntnismächtigere Hälfte vor sich –, doch für den Lust-, Lebens- und Machtgewinn von Fausten sind Studierstube und Laboratorium zu eng geworden; die Politik ist das Schicksal, wie Napoleon Goethe verkündet hatte, und ein Faust ist einer, der das begriffen hat und an Häusern, Buden und Brettern zu seiner Massenverführung die jeanpaulisierend benannte Gemeinde einlädt: *Bürger von Kuh- und Bullenschnappel, / Draußen am Weg bei der einsamen Pappel / Große Volksversammlung heut; – / Wer nicht kommt, ist nicht gescheut.* Das alte Magierhandwerk, dem der Doktor Faust entstammte, hat seine Requisiten abgelegt; der jetzt »Doktor und Tagesheld« heißt, steht nur *auf wackligem Tisch* und bietet statt einer Vorstellung nichts als eine Rede, die wohl immer gerade die letzte ist, weil seine Mission zu eilen hat, wie man aus dem Vorspiel weiß.

Diese *wundersame Gestalt*, an der *Bart und Haar im Winde wallt*, ist nicht der Faust, nur eine der Metamorphosen ›des Faustischen‹, entkleidet aller Mittelalterlichkeit, doch nicht der neuen Magie, die alsbald »Psychologie der Massen« heißen und unheimlich epidemische Verwirrungen erzeugen wird. Dieser langbeinig-dünnarmige Verwirrungsstifter (*diabolos*) ist die Übersetzung der Aufklärung ins neunzehnte Jahrhundert. Er deklariert, was veraltet und versauert ist: *Weg damit / Die neue Zeit / Will eine neue Gerechtigkeit.* Er berauscht die Masse mit den Wortspielen (noch nicht: den Sprachspielen!), die so plausibel erscheinen: statt Freiheit durch Gesetze nun *Freiheit vom Gesetz* – Faust ein Anarchist, ist das so inkonsequent? Und auf dem Gipfel der

Rhetorik das klassische Staatsschiff, ganz zunftgemäß nicht als sturmzerschlissene Realität, vielmehr als *Begriff: Freunde, nein, der Staat als Begriff / Ist ein leckgewordenes Schiff.* Da darf der Demagoge schweigen; diese Metapher hat immer schon gezogen – und wer wird schon bemerkt haben, wie schlecht sie sich mit dem *Begriff* verträgt? Das Volk spannt seinem ›Führer‹ den Wagen ab und trägt ihn auf Schultern nach Haus. Derlei wird man noch manches dazuerfinden: Der Verführte erreicht seinen höchsten Augenblick darin, selbst der Verführer zu sein.

Eine andere Spielart des Anarchismus, den der religiösen Charismatiker, führt ein weiteres Fragment des Fragments vor: *Hinten im Hof, bei Lampenscheine / Sitzt und singt eine freie Gemeine* ... Das Hinterhofmäßige der vom preußischen Staatskirchentum Abgewandten gibt Szene und Stimmung für den geistgesandten ›Sprecher‹, der *als Gast / Noch erharret und erpaßt* wird. Die Dissonanz von Erscheinung und Berufung geht so weit, daß nichts Ungehöriges ist an dem abrupten Übergang vom Lächerlichen zum Andächtigen: *Alles lacht ob des neuen Propheten. / Aber schon spricht er: »Wir wollen beten!«* Was der vom Geist Hergewehte zu verkünden hat, ist wieder eine Variante der Verheißungen von Freiheit, an denen das Jahrhundert – wie zur Vorbereitung des ihm folgenden – reich genug ist: etwas abzuwerfen von dem, was als des Landes *Schmach und Schande* verrufen wird. Es sind die alten *Familienbande*, die zu zerstören und *von Grund aus lösen* zu können den Leib so frei machen werde, wie man es für die Seele zu erreichen gerade im Begriff sei. Mit keinem Gotteswort wird *die Fessel von ›Mann und Weib‹* gesprengt, sondern mit der ewigneuen Berufung auf das Naturgemäße: *Alle Ehe ist Unnatur!* Als gäbe es für die Unerschrockenen der ›freien Gemeine‹ nichts, was ihr Ideal von Ungebundenheit jemals einholen oder gar überbieten könnte, hat der dürftige Prophet sogleich gewonnen: *Und er schwieg: im tiefsten entzückt / Haben ihm alle die Hände gedrückt*… Bis ins Morgengrauen feiert man, als habe man gerade vom Baum der Erkenntnis gegessen, mit einem *Bruder- und Schwestertanze*, die frohe Botschaft des Gottes ›Natur‹.

Nimmt man Fontanes jugendliches Fragment ohne authentischen Titel als den Grundriß einer Faustiade des neunzehnten Jahrhunderts, fehlt am ›Faustischen‹ noch das ›Akademische‹, und es mag darin die Pointe des Ganzen gesehen worden sein, das entsprechende Bruchstück ans Ende zu rücken, in welchem Bildungswilligkeit die Hörer zuhauf in den Hörsaal treibt: *Im Kollegium drunten zu H. / Welch ein Zwängen und Drängen da!* Die genuin faustische Einsamkeit des Magisters mit dem jederzeit Großes erwartenden Schüler ist zu dem ausgewuchert und angeschwollen, was man nicht ohne den Unterton des Naturhaft-Unaufhaltbaren eine ›Bewegung‹ nennen wird, und sei es die der ›Lichtfreunde‹ oder ›Gesundberockten‹. Das Unaufhaltsame ingangzusetzen, ist vielleicht die im Höllenvorspiel angelegte Höchstpotenz der Verführung. Nun ist die Konkreszenz von Faust und Mephisto ein Privatdozent der Philosophie, ein *Mann von den seltensten Gaben*, der das Marketing seiner Zunft beherrscht: Er bietet nichts Geringeres an, als zu lesen über das *Neueste Testament*. Der Mann vom wackligen Tisch bei der Pappel und von der glaubenshungrigen Hinterhofsekte ist nun der elegante *Mann von Geschmack* im modischen Frack und weißer Weste, mit Goldbrille und süßlichem Lächeln, der dem christlichen Gott großmütig den Abschied gibt: *Dieser Standpunkt ist überwunden! / Forschen wir nun in den nächsten Stunden, / Wo man das Göttliche heutzutag' / Suchen noch und finden mag* ... Wie Heine schon durch Hegel erfahren hatte, selbst der Gott zu *sein* und keinen zu *haben*, ist es nun auf die Formel gebracht, *nirgends als in der eigenen Brust* sei es: *Wir sind Gott!* Unser Denken hält die Welt wie einen Ball in Händen. Und das ist die absolute Metapher für Gang und Stand der Wissenschaft in dieser Jahrhundertmitte: *Sonnensysteme – sie leuchten und schweifen / Nur so lang, als wir sie begreifen* ...

Hier, im Kollegium, haben die derben Formen der verführten Gefolgschaft nichts zu suchen. Der Habitus ist der immerwährend akademische Trott des Mitschreibens, durch dessen Suggestion sich die Gottesusurpation nicht nur momentan überträgt, sondern einprägt als das, was nicht anders sein kann: *Waren sich, als sie das Wort vernommen / Nie so wichtig vorgekommen* ... Das ist der Verführungserfolg; Fackelzug und Ständchen für den Meister bei Nacht sind nur noch Beiläufigkeiten.

Die sechs Verse eines letzten Bruchstücks am Schluß, am wenigsten anschaulich gelungen, deuten den Weltveränderungserfolg an, der sich aus den Partialverführungen summiert und potenziert. Man würde ein Jahrhundert später sagen: durch die Medien, die derzeit nur im Singular der Gazette ihren Anfang nahmen: *Aber morgen in tausend Spalten / Vor das lauschende (lesende?) Volk gehalten / Wird ein jedes Blatt zum Turm / Und die Lettern läuten Sturm.*

Über alles evident ist: Diesen »Faust«, wäre er auch kein Fragment, könnte kein Fünfter Akt eines Zweiten Teils beschließen.

Wäre der Tagebuchführer eine private Version der Annalisten und Chronisten als der Vorbereiter der ›Quellen‹ für spätere Historiker, wäre dessen Ergiebigkeit abhängig vom *Ereignisgehalt* des Tag für Tag protokollierten Lebens. Aber wie die »Memoiren« bedeutender Urheber seltsamerweise in ihrer Qualität nicht abhängig sind von deren *Erlebnisreichtum*, so ist schon das Tagebuch nicht angewiesen auf die Datenfülle der registrierten Tage. Im Gegenteil: Sie verdrängt nur zu leicht das, was der nachherige Leser von dem wissen möchte, der ihn aus diesem oder jenem Grund interessiert. Ein erlebnisfreier Tag, eine bewegende Tagebuchseite – diese Asymmetrie ist nicht die Anomalie.

Es mag aber sein, daß der zum Historiker befähigte Anfänger nur auf die *großen Augenblicke* wartet, deren Zeuge zu sein er erstrebt. Dabei ist der bei markanten Vorgängen *Anwesende* allzuoft der um sie *Betrogene*: Er braucht nur im falschen Winkel zu stehen, um *nichts* zu sehen und wie nur zu viele Korrespondenten von Presseagenturen und Journalen für *alles* auf die ›informierten Kreise‹ und die Pressekonferenzen, wenn nicht gar auf die Zeitung am Ort, angewiesen zu sein. Unmittelbarkeit ist zwar der professionelle Wunsch, doch Wirklichkeit nur bei den gestellten und bestellten Terminen von Reportern, die schon dadurch an Glaubwürdigkeit einbüßen, daß sie immer zur rechten Zeit das signifikante Bild vor ihrer Optik haben. Zur entblößten späteren Symbolfigur kommt man nicht aufs Geratewohl.

Theodor Fontane war zum Frontberichterstatter der

preußischen Kriege gegen Dänemark, Österreich und Frankreich schon durch die Unzufriedenheit prädestiniert, mit der er als Jüngling seine ersten Tagebuchprodukte beurteilte und verdammte. Was sollte er auch 1844, während der eigenen Soldatenzeit ohne Schlachten, an Aufschreibwertem erlebt haben? Das Kriterium für die des Erlebens würdigen oder doch nur des Nacherzählens fähigen ›Ereignisse‹ muß sich an den frühen Enttäuschungen – einschließlich der Berliner Aufruhrtage von 1848 – vorgeformt haben. Doch wie es so geht, sollte er am stärksten und erfolgreichsten sein beim Blick auf die Schlachtfelder, auf denen Siege und Niederlagen längst stattgefunden hatten.

Dies alles mag erklären, daß unter den vielen schlechten Gedichten der Frühzeit der Zwölfzeiler »Bei Verbannung meines Tagebuches« einsam herausragt. Verabschiedet wird eine Form von Lebenserwartung als Erlebnisanspruch, wenn auch nur vorläufig. So nämlich, wie es sich mit Nichtigkeit füllt, ist es *zum Weinen jammervoll.* Den Vorbehalt, es wieder zu eröffnen, gibt der Fünfundzwanzigjährige nicht auf, obwohl unter unerfüllbaren Bedingungen: *Tagebuchen durfte freilich / Caesar oder Xenophon, / Unsereins wirft auch die Würfel / Doch wo bleibt der Rubikon!* Die Rubikone seiner Zeit wird der Kriegsgeschichtshandwerker Fontane immer erst erreichen, wenn die Würfel längst gefallen sind – und es sind nicht seine Würfel. Die werden vor einer anderen Grenze fallen – der der literarischen Gattungen –, wenn er beinahe aufgehört hat, Gedichte zu schreiben.

Die Geschichte besitzt uns, mit Haut und Haaren. Das ist Erfahrungsertrag des Jahrhunderts. Klänge es nicht allzu alliterativ, müßte es heißen: Die Geschichte ist das Schicksal. Philosophisch ging das auf in ›Geschichtlichkeit‹, dunkeltönend forciert zur ›Seinsgeschichte‹. Der Versuch, darauf mit einem trotzigen »Wir machen die Geschichte, und zwar hier!« zu reagieren, hat nicht so überzeugend gewirkt, wie der Beifall es suggerierte.

Dem Besessensein durch Geschichte war eine Ära des hochgemuten Geschichtsbesitzes vorausgegangen, diese selbst wiederum die Gegenbewegung zum Versuch einer vernunftstolzen Geschichtslosigkeit. Geschichtsbesitz akzentuiert immer auch die Vergeßlichkeiten, die modisch fälschlich als ›Verdrängungen‹ diskriminiert wurden. Auf sie weist der kompensatorische Zeigefinger, der neue Unebenheiten erzeugt: Bauernkriege, Befreiungsbewegungen (doch ohne die ›Befreiungskriege‹), Ketzerwallungen, Tyrannenmorde, Hexenwesen, komponierende Frauen, widerspenstige Söhne. In der Geschichte wird gesucht, nicht die Geschichte.

Ist es überhaupt möglich, so etwas wie Billigkeit im Geschichtsbesitz zu üben? Nähe stumpft so ab wie exotische Ferne der Archaeologica und Ethnologica, die als ›Geschichte der anderen‹ weniger belasten, eher erleichtern. Ist eine ›Zeitgeschichte‹ wichtiger als die der mittelalterlichen Kaiserzüge nach dem Süden, gar der Kolonisatoren Züge nach dem Osten? Dürfte man es sich so aussuchen, stände immer noch dagegen, daß für die ›Zeitgeschichte‹ die meisten Archive noch verschlossen sind und der solide

Historiker das für eine nichtgegebene ›Forschungssituation‹ halten muß. Aber es ist auch ein schlechtes Vorbild der Selektivität: Geschichte heißt auch, daß man es sich eben nicht aussuchen kann, welche man hat, und daß dies zur Geschichtserfahrung selbst gehört, wie in der persönlichen Erfahrung die (von Schopenhauer vergeblich hinweggbeschworene) Nichtselbstwahl von Vater und Mutter.

Geschichtsbesitz entsteht erst durch die entschiedene Einwilligung darein, daß man sich seine Geschichte nicht hatte ›erwerben‹ können wie anderen Besitz. Auf dem märkischen Sand, wo das suchende Auge des Wanderers immer noch so viel Geschichte wahrnimmt, wissen die Bewohner um so weniger von ihrer Geschichte, je näher sie deren Zeugnissen leben. Fontane, der unermüdlich sie Erwandernde, ist bestürzt, daß selbst in dem durch Brand von 1787 verödeten Neu-Ruppin die bewahrte Klosterkirche ungekannt ist, *was denen zu denken geben sollte, die nicht müde werden, von dem Wissen und der Erleuchtetheit unserer Zeit zu sprechen*. Auch da ist gezielt selektives Wissensollen (mehr noch als Wissenwollen) im Spiel. Auffallen müsse, *wie absolut nichts unser Volk von der vorlutherischen Periode seiner Geschichte weiß*. Sogar die Küstersfrau jener Klosterkirche weiß auf die Frage, welche Art Mönche ihr gedient hätten, nur zu antworten: »Ich jlobe, et sind kattolsche gewesen.« Auf solche Musterstücke signifikanter Ignoranz trifft allerdings wohl nur ein solcher Wanderer.

Der Theaterdirektor Goethe mußte sich während einer Vorstellung gegen das störende Publikum verwahren, indem er aus seiner Intendantenloge barsch Schweigen kommandierte. Die Anekdote erinnert daran, daß die Leute vor noch gar nicht so langer Zeit ins Theater (wie ins Konzert) gingen, um sich zu unterhalten – und das im Wortsinne. Weihevolles Verstummen bei erlöschendem Saallicht und beleuchtetem Vorhang ist ein Produkt von Kulturdisziplin, und manche Bühnenfacharbeiter sind unschlüssig, ob sie sich ein ›ungezwungenes‹ Publikum zurückwünschen sollen. Dann würde, im Maße des Sanktionsverlustes, noch gleichgültiger, was auf der Bühne geschieht, und nur die gröbsten Unfeinheiten kämen an.

Einen Schweigebefehl im Theater von anderem Rang hat Fontane als Fußnote zu seiner Lebensbeschreibung des Mitruppiners Karl Friedrich Schinkel in den »Wanderungen« mitgeteilt. Schinkel ist einen schweren Tod gestorben; er dauerte mehr als ein Jahr. Den Darniederliegenden besuchte der Freund Thorwaldsen. Es sei erschütternd gewesen, entnimmt Fontane von seinem Gewährsmann, den so viel Älteren in voller Gesundheit an diesem Sterbelager zu sehen. Mit einem *Ich kann es nicht mehr aushalten* mußte sich der Besucher tränenüberströmt abwenden.

Allerdings: Drei Jahre später traf es auch Thorwaldsen, aber auf eine schnelle und schonende Art. Diese Differenz ist es, auf die es Fontane abgesehen hat. Der dänische Bildhauer war mit dem Dramatiker Oehlenschläger im Kopenhagener Theater. Ein Stück von nationalem Pathos wurde gegeben, und an *einer schönen, ergreifenden Stelle, als aller Au-*

*gen auf die Bühne gerichtet waren*, bemerkte Oehlenschläger, wie seinem Nachbarn das zeitberühmt mächtige weiße Haupt langsam leblos auf die Schulter niedersank. Da erhob sich der Dichter und *rief mit mächtiger Stimme in die Bühne hinein: »Still! Thorwaldsen stirbt«*. Fontane vermag dieser zu Schinkels Tod kontrastierten Szene nur noch hinzuzufügen: *Und alles wurde still.*

Dies ist für Fontane kein Kapitel aus dem Mißlingen der Theodizee. Er ist wie immer weit davon entfernt, die Natur anzuklagen, die nicht alles allen schenkt oder versagt. Ein anderer Unterton der Klage ist hörbar, der das Lebensschicksal Schinkels pointiert. Noch der Tod unterscheidet, wie in den Nationen mit ihren Großen umgegangen wird. Als sollte konnotiert sein: So kann nur anderswo gestorben werden.

## DIE GOLDSTÜCKE DES KÖNIGS

In Ruppin, wo Fontane das Gymnasium besucht hatte, war seit 1742 das Regiment Nr. 32 stationiert, das König Friedrich II. seinem jüngsten Bruder Ferdinand verliehen und dementsprechend benannt hatte.

Der Markwanderer Fontane verfällt mit Lust auf den Kriegshistoriker, der in ihm steckt, um den Schicksalen des Regiments Prinz Ferdinand zu folgen. Sein Glanzjahr war mitten im Siebenjährigen Krieg, als seine Musketiere den Hauptanteil am Sieg in der Schlacht bei Liegnitz am 15. August gehabt zu haben scheinen. Der Historiker drückt sich vorsichtig aus; die Quellen sprudeln nicht.

Doch muß es so gewesen sein, denn der haushälterische

Friedrich verlieh nicht nur allen Capitänen den *Pour le mérite*; er gab noch ein Geschenk von 100 Friedrichsdor obendrein. Das ließe, *bei den damaligen Kassenzuständen*, auf den hohen Grad der *Zufriedenheit des Kriegsherrn* schließen.

Der Berichterstatter wäre nicht Fontane, ließe er nicht mit der Parenthese *auch das mag Erwähnung finden* ein ironisch schwenkendes *Andererseits* folgen, das die Idylle der königlichen Munifizenz einem anderen Aspekt unterwirft.

Er schreibt, *es werden nicht viele in der Lage gewesen sein, von dieser besonderen Huld des Königs Nutzen zu ziehen, denn es heißt in aller Kürze: »Die Musketierbataillone waren beinah völlig ruiniert worden«.*

Das dürfte denn auch der Grund dafür gewesen sein, daß es weitere große Taten aus dem Siebenjährigen Krieg nicht mehr zu berichten gibt: *Die Schlacht bei Liegnitz war die einzige, die dem Regiment zu besonders ruhmreicher Betätigung Gelegenheit gab.* Das wiederum rechtfertigt die sonst zu ausschweifend gewordene lustvolle Digression auf den Ablauf jener Schlacht.

So sind alle zu ihrem Recht gekommen: das Regiment zum Ruhm, die Capitäne zu Orden und Gold, der König zugleich zu Großmuts- und Sparsamkeitserweis, der Historiker zu seiner Passion – und der Tod zu seiner Ernte.

## AUF DEM WEG ZU DEN SINGULARITÄTEN

In den Kriegen dieses Jahrhunderts wäre es schwer vorstellbar, daß der Kommandeur einer Truppe sich beim Oberkommando darüber beschwert, er sei mit seinen Leuten aus der Schlacht herausgehalten und geschont worden. Mag mancher auch noch gewünscht haben, beim Sieg dabeigewesen zu sein – sofern es einer war –, läßt ihn doch der Gedanke an die Opfer, den auch dieser gekostet hätte, vor dem Korrekturgedanken zurückschrecken.

Bei Königgrätz am 3. Juli 1866 stand das Ruppiner 24. Regiment mit der ganzen 6. Division in Reserve. Selbst als die Lage um die Mittagsstunde für die Preußen kritisch wurde, erhielt der General von Manstein für seine Division keinen Befehl zum Eingreifen. Die Armee des Kronprinzen war im Anrücken und sollte den Tag entscheiden, der zum Schrei nach Rache für Sadowa führte. Ein Kronprinz hatte Schlachtenruhm nötiger als andere, das sieht auch Fontane in der Erzählung der Geschicke ›seines‹ Ruppiner Regiments nahezu ein. Doch verschweigt er nicht, Manstein habe dem König *liebevolle Vorwürfe* gemacht, die Dinge ohne sein und der Seinen Dazutun zum Sieg gewendet zu haben.

Ein Sieger nimmt solche Vorhaltungen mit guter Laune auf – dem Verlierer wären sie ohnehin nie gemacht worden. Die Antwort ist so recht nach Fontanes Laune, bleibt jedoch auch über dessen Lust hinaus bewahrenswert: ... *aber lieber Manstein, ich kann doch Ihretwegen nicht noch mal anfangen.*

Schon der Krieg gegen Frankreich, vier Jahre später, war

kaum noch der Art, für jene Beschwerde und diese Launigkeit Raum zu lassen. Die Formel vom Noch-mal-anfangen, auch nur als luftigste Erwägung des Untunlichsten und Fernstliegenden, wäre nicht mehr gesprochen worden. Dazu waren nun selbst die Siege zu teuer. Was ›der Geschichte‹ alsbald nachgesagt werden sollte, daß es in ihr keine gewollten Anfänge und Wiederholungen gäbe, beruht auf der gewandelten Art der Erfahrungen, die mit ihren ›Großereignissen‹ gemacht werden mußten, selbst wenn sie noch den Preis ihrer Erfreulichkeit wert gewesen zu sein schienen.

## EIN NEBENSATZ, EIN UNTERGANG

Bei allem Streben, sein wanderndes Interesse an Preußens märkischen Adelssitzen gerecht über Dekadenz und Konstanz zu verteilen – wobei dem Erzähler die Dekadenz schließlich mehr zu bieten hat –, blickt Fontane mit mehr Neigung als sonst nach Rheinsberg, wo zwischen 1786 und 1802 des großen Königs Bruder seine Zuflucht zwischen zwei Unmöglichkeiten genommen hat: der, nach Paris zu gehen und dort ständig zu leben, und der anderen, den Sitz der Hohenzollern nach Friedrichs Tod und des Neffen Thronbesteigung wie Mesalliance auch nur zu sehen.

In Rheinsberg bildet sich, nicht nur für Fontanes Historikerauge, ein Zentrum der geschichtlichen Gerechtigkeit für die noch unter Friedrich aus der Erinnerung gefallenen Helden seiner Schlachten und erst recht für alle unter seinem Nachfolger vernachlässigten Fridericiana. Inschriften auf dem Obelisken am Gegenufer und auf der zum Grabmal des Prinzen bestimmten Pyramide schaffen aus Rheinsberg ein Monument der grollenden Erinnerungsjudikatur. Erst recht der nur erahnbare bittere Witz der Tischrunde mit ihrer festen Besetzung zum voltairianisierenden Ritual, das Fontane in Umrissen nachkonstruiert. Da haben sich Nachglanz und Nachhall einer versunkenen Welt zusammengezogen, und der Trost des Erzählers kann nur sein, daß keiner von diesen Männern Jena und Auerstädt noch erfahren muß.

Viele Spuren jenes Lebensrestes gibt es für den Wanderer nicht mehr. Er kann nicht einmal sagen, was bei den Konzerten und Aufführungen der ständigen Schauspieltruppe auf dem Programm stand. Kaum etwas vom Kommenden. Wie in Sanssouci waren die Tischgespräche von philosophischem Geist beherrscht. Aber auch da weiß der Unfreund der Philosophie, der Wanderer, kaum mehr zu sagen als das ihm Selbstverständliche, daß etwas seinen geschuldeten Untergang nahm: *Mit besonderer Vorliebe wurden metaphysische Sätze beleuchtet und diskutiert, und alle jene wohlbekannten Fragen auf deren Lösung die Welt seitdem verzichtet hat, wurden unter Aufwand von Geist und Gelehrsamkeit und mit Zitaten pro und contra immer wieder und wieder durchgekämpft.*

Fast möchte man spöttisch anmerken, so hätte man sich's auch ausdenken können. So mußte ein *Fin de siècle* vor dem nächsten einfach sein: das eben noch Mögliche, kurz bevor es unmöglich wurde. Dennoch trügt, wie bei allem durch großes Können leicht Wirkenden, der Eindruck, so hätte es jeder andere auch gesagt. Daß der Untergang der Metaphysik wie des Vertrauens zu ihr in einem Nebensatz untergebracht ist, der den ganzen Tischrundenkraftaufwand mit Vergeblichkeit stigmatisiert, ist große Kunst. Ist es gerade dadurch, daß dieser ›Verzicht‹ auf Fragenlösung, den ›die Welt‹ seither geleistet hat, die Integration ins Lebensweltlich-Selbstverständliche des nächsten Jahrhunderts – der Wandererlebenszeit – erfährt.

Auf Untergänge ist man nun eingestellt. Sie können in Nebensätzen stattfinden.

## KEIN LETZTES WORT BEI EINEM LEBENSGETREUEN TOD

Was ›letzte Worte‹ kostbar machen kann, ist die Stimmigkeit zu dem Leben, das sie beschließen – sogar, wenn sie uns rätselhaft bleibt, sogar, wenn das Rätsel im Anschein der Unstimmigkeit besteht.

Aber auch die Sprachlosigkeit des Todes – mag sie am Mangel der Überlieferung oder am bezeugten Schweigen liegen – kann die Stimmigkeit des Ausdrucks haben, kann ›physiognomisch‹ im weitesten Sinne sein. Der Tod hört auf, das *factum brutum* zu sein, wenn er noch Ausdruck des Lebens sein konnte: zu diesem einen Leben gehörte – wahrnehmbar gehörte.

Letzter Adjutant und Günstling des Prinzen Heinrich in Rheinsberg bis zu seinem Tod 1802 war der Graf La Roche-Aymon, Flüchtling vor der Revolution aus dem Land, dem des Friedrichbruders ganze Zuneigung gehörte. Da er seinen Wunsch, in Paris zu leben und zu sterben, nicht verwirklichen konnte, war der französische Graf mit seiner preußischen Frau Caroline Amalie so etwas wie die Substitution des ersehnten Zustandes – mochte auch die ›Prinzessin Goldhaar‹ mit den unvereinbaren Wünschen, die sie auf sich zog, Unruhe ins Schloß und in die alten Tage des Prinzen bringen, der hier ganz seiner Abneigung gegen den in Potsdam herrschenden Neffen lebte, ja sogar der Kritik am großen Bruder mit der Strenge seiner nie ans Licht gekommenen Memoiren frönte. Rheinsberg war bis 1802 das Refugium eines Preußen, das wenige Jahre später bei Jena unterging und nur unter Unähnlichkeit mit sich selbst aus der Befreiung hervortrat, die sich als Abwendung von Frankreich und Selbstdefinition gegen allen französischen Anteil am Preußentum vollziehen sollte.

Da liegt auch der Grund für die Wehmut des Rückblicks, mit der Fontane die Rheinsberger Welt schildert. Seine Erzählung endet nicht nur, sie kulminiert in den Seiten der »Wanderungen« über Graf und Gräfin La Roche-Aymon. Der Graf wird nach der Restauration in die Heimat zurückkehren und hohe Würden erlangen; die Gräfin geht mit ihm, aber nur, um das Scheitern der Verbindung dort zu erfahren, wo das Französische nicht die vom Schloßherrn gehegte Idyllik hat. Sie kehrt auf das Gut zurück, das Prinz Heinrich seinem letzten Favoriten übereignet hatte: nach dem Rheinsberg benachbarten Koepernitz. Sie lebt dort noch 33 Jahre im Glanz der ihr zuströmenden Verehrung wie der von ihr kultivierten Lebensform, die schon in den Rheinsberger Jahren das sich selbst Überlebende, wie im Reservat, gewesen war: Sie repräsentierte die Vornehmheit einer nun zu Grabe getragenen Zeit, eine Vornehmheit, die von der Gesinnung unter Umständen abstrahieren und ihr Wesen in eine meisterhafte Behandlung der Formen setzen konnte. Diese Selbsterhaltung durch Form läßt Fontane bis in die wortlose letzte Stunde reichen: *Ihr Tod war wie ihr Leben und hatte denselben Rokokocharakter, wie das Sofa, auf dem sie starb, oder die Tabatière, die vor ihr stand. Ihre Lieblingskatze, so heißt es, habe sie in die Lippe gebissen. Daran starb sie …* Vielleicht konnte sie deshalb kein letztes Wort sagen – oder mochte es nicht, weil die Katze es nicht verstanden hätte.

Dieser Tod der fast Neunzigjährigen wurde gestorben am 18. Mai 1859. Das Datum so genau zu fixieren hat zur Absicht, auf die ungewöhnlich scharfe Deutlichkeit hinzuweisen, mit der der Geschichtsschreiber der »Wanderungen« auf den Plan tritt: Zwischen dem 18. und dem 24. Juli 1859 ist Fontane zum erstenmal auf Rekognition in Rheinsberg, auf den Spuren des Prinzen Heinrich und seiner Höflinge. Es gibt noch nicht das, was einmal ›Zeitgeschichte‹ genannt werden wird; es müssen alle erst tot sein, ehe man ihre ›Geschichte‹ erzählen kann.

Des Liebhabers der »Wanderungen« Enttäuschung wird sein, daß allem Erkennbaren nach ihr Autor niemals in Koepernitz gewesen ist. Die Evidenz, die nur der Autopsie zugetraut wird, bestände dann für jenes Sterbesofa der Marquise La Roche-Aymon nicht. Oder kann und darf da der Dichter mehr als der Historiker?

Fontane behalf sich, wie auch sonst nicht selten, mit Delegation der Ortsbesichtigung. Im Briefwechsel findet sich der Beleg: Er beordert Schwester Lischen mit Alexander Gentz und Ehefrau Emilie nach Koepernitz. Mit genauen Anweisungen für das, worauf es ihm ankommt: Landschaft und Dorf, Aussehen des Herrschaftshauses mit Zählung der Etagen und Frontfenster *und womöglich noch irgend etwas Markantes, ein Grabmal, Springbrunnen, Storchennest,*

*Rampe oder sonst dergleichen.* Der Brief ist datiert vom 17. Juli 1861. Da war er also noch nicht am Schauplatz gewesen. Er wußte nicht einmal, worum es ihm dort zu tun war. Das erkennt man an der Unbestimmtheit, mit der er nach einem Grabmal forschen läßt, ohne einen Namen zu nennen, der ihm wichtig wäre. Auch die gewünschte Kürze der Information – *Zehn bis zwölf Zeilen sind genug …* – läßt vermuten, daß er dort kein Thema für sich vermutete.

Nur eins war selbst für den Kurztext Bedingung an die Delegation: … *aber es muß ein anschauliches Bild geben.* Auch so wurde gewandert. Bei anderer Gelegenheit (Bechlin bei Ruppin), mehr als ein Jahrzehnt später, beauftragt er seine Kundschafterin mit Besichtigung der Kirche auf einige Namensspuren hin: *Ist nichts da, was an diese Namen anknüpfte, so schreibe sonst ein paar Worte auf, die doch ein bißchen nach Augenschein aussehen.*

Ich bezweifle, daß gelegentlicher Mangel an Authentizität geschadet hat. Was im unerwanderten Koepernitz 1859 letztendlich geschah, vergegenwärtigte dem Historiker eine stoffgesättigte Imagination: So starb man, wenn man so gelebt hatte.

## WENN MAN ZUFÄLLIG NOCH LEBT …

Es gibt Beleidigungen, Kränkungen, Verunglimpfungen, kurz: Läsionen subtiler Art, gerade dort, wo berufsmäßig nicht geschimpft und gepoltert, geflucht und gedroschen wird.

Die Absichtslosigkeit kann als ein Aspekt von Weltfremdheit genommen werden. Auf einem Kongreß höre ich zufällig die Begrüßung zweier Fachgenossen, eines älteren durch einen jüngeren: »Ich freue mich, Sie zu sehen. Ich wußte gar nicht, daß Sie noch leben.«

Das wäre *gekonnt*, wenn es nur ein wenig *gewollt* gewesen wäre. Aber es war die ehrlichste Mitteilung überraschter Empfindung an einen, der sich schon überlebt hatte, aber dies gesagt zu bekommen nicht erfreut sein mochte. Die Reaktion, die ich gerade noch rekonstruieren konnte, war denn auch Begründung für den Mangel an öffentlichen Lebenszeichen, an geschuldeter Publizität: »Ich mache viel in meinem Garten ...« Was auf der einen Seite an Bosheit fehlte, ermangelte auf der anderen an gekonnter Replizität.

Anders ist es, wenn die Läsion eingebaut ist in das institutionelle Gefälle, in dem der Grad an Rücksicht programmiert ist. Zuverlässig ist der Dialog, den der Markenwanderer Fontane von einer Inspektion Friedrichs II. im Rhin- und Dossebruch mitteilt. Der große König kannte die Offiziere seiner Schlachten, nur erkannte er sie nicht immer wieder. So wurde er auf dieser Tour in der Grafschaft Ruppin – Fontanes Heimat – von einem seiner ›alten Lieblinge‹, wie es im Protokoll heißt, begrüßt, dem Hauptmann von Rathenow auf Karvesee, der an den Wagenschlag herantrat und sich als ›Unterthänigster Knecht‹ präsentierte. Den Namen hatte man nicht zu nennen; die Allwissenheit des Königs (oder wenigstens die Voraussicht seiner Begleitung) hatte Vorrang sich zu zeigen. Diesmal versagte sie. »Wer seid Ihr?« mußte Friedrich fragen, und seine Reaktion auf die Vorstellung war gewiß als Höchstes an Leutseligkeit, ja königlicher Intimität gemeint: »Mein Gott! lieber Rathenow, lebt Er noch? ich dacht', Er wäre längst tot ...«

Freute sich der Gutsbesitzer, daß er entgegen der Vermutung seines Königs noch lebte? Oder wurde die allerhöchste Unverfrorenheit überspielt durch die Bekundung, daß jedenfalls die Erinnerung lebendig war, auf die vermutungsweise dem Schlachterprobten mehr ankam als aufs physische Noch-dasein.

Der König hatte seinen Mann nicht erkannt, und es ergibt sich sogleich der Grund dafür. Dieser hatte sich verändert: »Aber, mein Gott! wie dick ist Er geworden.« Man denkt sofort, daß im Zeitalter ständiger Fitneß und Jugendlichkeit – wenigstens dem Selbstbildnis nach – diese zweite Bemerkung noch unendlich gravierender empfunden würde als die erste. Tot sein zu können, daran glaubt man ohnehin nicht im Ernst – aber so dick geworden zu sein, daß es eine Anrufung des ungeglaubten Gottes erforderte? Das würde man selbst im Revier der Weltfremdheit nicht zu sagen wagen. Dort aber, zwischen Seelenhorst und Dechtow, brauchte der vormalige Hauptmann nur zu erklären: »Essen und Trinken schmeckt immer noch …«

## DIE UNVERSTANDENE HERRLICHKEIT UND DIE HERRLICHKEIT DES UNVERSTANDENEN

Auf einer seiner Mark-Wanderungen kommt Fontane auch nach Gantzer in der heimatlichen Grafschaft Ruppin, wo die Herrensitze der Wahlen-Jürgaß und der Rohrs lagen. Die Jürgaß waren durch Heiraten hin und her unentwirrbar mit den Zietens in Wustrau verwandt, und diese Umwandlung von Nachbarschaft ins Biologische machte den Jürgaß den Garaus: In der letzten ihrer Generationen hatten von acht Brüdern und einer Schwester keines mehr einen Nachwuchs. Man starb aus auf der Höhe der äußeren Möglichkeit, es zu vermeiden. Lakonisch schreibt Fontane: *Ein neuer Beweis, wie der Prozeß des Lebens nach frischem Blute verlangt.*

Nicht so der Prozeß der Anekdotenbildung. Solide und langbewährte Förmlichkeit, nur dem Außenstehenden erstarrt erscheinend, gewährleisten die Stabilität der Lebensformen.

Fontane ist ein eifriger Leser und Deuter von Grabinschriften. Die letzten Jürgaß, im Bewußtsein des Aussterbens ihres Geschlechts, waren über die Verwahrung der Särge in der Gruft der Dorfkirche und der zugehörigen Rühmung hinausgegangen und hatten testamentarisch verfügt, draußen auf dem Kirchhof ein ›mächtiges Monument‹ zu errichten und dafür mit einer ›bedeutenden Summe‹ vorgesorgt. Ein Eisenwürfel auf einem Sandsteinpostament enthielt inschriftlich alles, was der Nachwelt über Wert und Würde der Jürgaß mitzuteilen war. Der Wanderer verharrt bei einem Spruch und schließt damit, der ihm ›schön‹ erscheint: *Der Herr hat sie zu einem beßren Leben berufen, wo sie sich der Herrlichkeit unsres Erlösers erfreuen.*

Die Zeit, in der Fontane erst recht zum deutschen ›Klassiker‹ geworden ist und auch seine »Wanderungen« Ausgaben und Auflagen erleben, ist darauf vergattert, sich nicht daran genügen zu lassen, einen solchen Spruch ›schön‹ zu finden. Sogar die Christen wollen wissen, was alles heißt und bedeutet. Man stelle sich den Gedenkspruch vor als überwiesen an einen der Wortführer des Zweiten Vatikanischen Konzils. Da ich den Spruch liebe, ohne zu wissen und für wißbar zu halten, was er bedeutet, erfüllt mich der Gedanke mit Entsetzen, Karl Rahner oder Johann Baptist Metz könnten ihn ›auszulegen‹ gehabt haben.

Analysiert man ihn, mag man ratlos fragen, weshalb es ein besseres Leben als das der Gantzerschen Gutsherrn sein wollte, sich der Herrlichkeit eines anderen zu erfreuen, der doch als ›Erlöser‹ wohl nicht dazu erlöst haben konnte, sich mit seiner ›Herrlichkeit‹ abzufinden, was immer diese an ihm sein mochte. Wer hier nicht innehält, zerstört mehr als einen Gedenkspruch: eine ganze Sprachwelt, etwa die des lutherischen Chorals und der Passionen und Kantaten Bachs. Wer darauf besteht, an der ›Bedeutsamkeit‹ auch die ›Bedeutung‹ zu erfassen, verliert beides. Vom ›Trost‹ nicht zu reden, daß die Jürgaß an ihrer Unkenntnis der Biologie nicht ins Nichts vergangen sind. Das muß man erst aushalten können.

## PERIPETIE EINES BÜRGERLICHEN AUFSTIEGS

*Wie kam das? Der Torf war über Nacht aus der Mode gekommen.* Mit diesem lakonischen Satz begründet Fontane im ersten Teil der »Wanderungen durch die Mark Brandenburg« die Peripetie in dem dramatischen Kapitel über Gentzrode, über Aufstieg und Fall des Alexander Gentz aus Ruppin. Es ist keine leichtfertige Erklärung für den Bankrott des Mannes, der wegen seiner Arroganz nicht die Sympathien der Ruppiner und damit des Autors haben konnte, aber zumindest dessen Bewunderung für das Wagnis der großen Wandlung einer unfruchtbaren Sandwüste fand, deren Flächen er sich zusammengekauft hatte. Die einfallsreiche Aufforstung mit anspruchslosen importierten Hölzern wurde aus den Erträgen der Torfmoore finanziert, aus denen die Berliner ihren Brennstoff bezogen. Diese ökonomische Asymmetrie sollte mit den allmählichen Erträgen der Forstaufzuchten überwunden werden.

Der Ehrgeiz des Alexander Gentz war groß wie seine Tatkraft. Fast wäre er ans Ziel gekommen, hätte nicht der Modeumschwung zur Steinkohle und den Briketts die Moorausbeute ebenso unrentabel gemacht wie den eigens zum Torftransport nach Berlin geschaffenen Schiffsweg. Die Sache hat antikische Maße, wenn man den Herrn von all diesem die Geschichte seiner Unternehmung schon niederschreiben und für die Turmspitzenkapsel seines Schlosses in der Neugründung Gentzrode für künftige Geschlechter und Geschichtsschreiber bestimmen sieht. Nicht nur, daß Fontane dieses Dokument eines begabten Schreibers ausgiebig zitiert; ihm kommt es auf die Ungewißheit an, ob das, wovon er nur beglaubigte Abschrift vor sich hatte, wirklich noch eben rechtzeitig in den Turmknopf gekommen war und dort eines Zerfalls harrte, der weit jenseits der vielen Besitzerwechsel der Gentzgründung in ungewisser Zukunft liegen und das Dokument dem Zugriff eines Staunenden oder Unbegreifenden preisgeben würde.

Gentz hatte also seine Ambition auf ›Geschichte‹, nicht nur darauf, diese eine unselige zu hinterlassen, von der sich im Turmknopfdokument noch keine Spur erahnen ließ. Ohne allzu beziehungsreich aufzutragen, erwähnt Fontane doch zweimal, daß Gentz sich vor seiner großen Landschaftsverwandlung eine Frau genommen hatte und diese nichts geringeres als die Tochter des Hamburger Verlegers

Heines, Helene Campe, war. Aber die solide Basis von all dem, der Torf aus dem Wustrauer Luch, gab nach wie der Boden des Moors selbst – nur gab sie nach einer Mode, der Laune einer ganzen Stadt, sich anders, bequemer, auf den Reichtum der Gründerjahre passender zu beheizen. Als daraufhin der Gestürzte vor den Richter muß und dies in gewohnter Weltmannssaloppheit tun will, wird er angeherrscht: »Hut ab! Hände aus den Hosen!« Nach der Peripetie durch die Mode die Demütigung der öffentlichen Umerziehung. Nur mit *empörtem Staunen* nahmen Gentz und die Seinen das hin, und Fontane hält es für ein Indiz dessen, daß schon *ein vollkommen dynastisches Gefühl* sich ausgebildet hatte.

Wie am Modell gibt sich Fontane durch das Gentz-Drama zu erkennen, was in seinen vielen langfristigen Familiengeschichten der »Wanderungen« über Generationen verläuft: Aufstieg und Verfall. Zur Verkürzung gehört dann auch das fast schlagartige Eingreifen der ›Mode‹, die sich ganz als das präsentiert, was sie ihrem Begriff nach ist: unbegreiflicher Wechsel, Erfüllung des Bedürfnisses nach Veränderung dort, wo es am wenigsten ins Fleisch schneidet, nur die Oberfläche von Leib und Leben alteriert. Nur auf der ›anderen Seite‹, wo Existenz an der Bedienung der Bedürfnisse hängt, ist durch fatale Konjunktion aus der Lebensäußerlichkeit der Städterlaune das Schicksal von »Gentzrode« geworden. Es ist nicht bloßer Zufall, daß Fontane – der Erforscher dieses Schicksals – zugleich zu denen gehört hatte, die in Berlin die Mode der Beheizung machten oder mitmachten, ohne Bedenken auf die Wirkung im Wustrauer Luch den Brennstoff wechselten.

Damit ist die Bedeutsamkeit des einen Satzes zur Erklärung der Peripetie im Gentz-Drama nicht ausgeschöpft. Daß Fontane, statt umfassender Faktoren historischer Kausalität heranzuziehen, die ›Mode‹ entscheiden läßt, hat seine Rechtfertigung darin, daß er nur einen ›Auslöser‹ braucht, um den unausweichlichen Schicksalsgang des Aufsteigers brechend zu bestimmen. Ihm war der Gedanke nicht fremd, daß dem aufsteigend-erfolgsuchenden Bürgertum ein Moment der Selbststabilisierung des Errungenen fehlte, das er beim Adel der märkischen Güter und Schlösser noch fand: das Trägheit des Bestehenden verbergende Moment der Selbstritualisierung. Es blitzt in der Gerichtsszene bei Alexander Gentz kurz als das Fehlende und Verfehlte auf, wenn Fontane im empörten Staunen der Gentze über den Richterverweis aufgekommenes dynastisches Kastengefühl wahrnimmt. Da war es mißlungen, zum *Glück im Besitz*, zur *Verklärung des Diesseitigen* auch noch die Beharrungsgewißheit des Selbstbestätigten hinzu zu erwerben. Rasend war abgelaufen und vorbei, was sonst in Jahrhunderten durch keine Laune aus der Bahn zu werfen war. Geschichte auch ein Trägheitsphänomen?

Fontane schließt mit diesem Schicksal den Ersten Teil der »Wanderungen«. Sein Fazit ist, daß wir uns der *natürlich fortschreitenden Entwicklung alles Lebenden um uns her* zu erfreuen hätten, ohne Trübung durch die Frage, ob die bloße Fortbewegung Aufstieg zu höherem Dasein oder Abstieg zur Auflösung sei. Nicht die Richtung der Bewegung macht es aus, wie sie *uns* bewegt oder erregt. Fast wie eine ›Gebrauchsanweisung‹ für den nicht mehr fern bevorstehenden »Verfall einer Familie« liest sich das.

Was den ästhetischen Genuß verbürgt, ist ›das Gesetz‹, das sich darstellt, als sei Zuverlässigkeit der Natur hinter und in der Geschichte das, was sie zum bloßen Vordergrund depotenziert. Es ist Verlaß darauf: *Das Wachsende, gut oder nicht gut, tritt an die Stelle des Fallenden, um über kurz oder lang selber ein Fallendes zu sein. Das ist ewiges Gesetz.* Unglück nur für den, auf den das ›über kurz‹ zutrifft. Dann war es ›die Mode‹, die ihn zu Fall gebracht hatte.

## LETZTES WORT IM IRREALIS – ODER DER ANDEREN FÜR DEN, DER ES NICHT MEHR SAGEN KANN

Wenn kein Subjekt als ›Vorsehung‹ oder ›Gotteswille‹ mehr den tödlichen Schlag gegen das Menschenleben führt, kommt jeder zunehmend in die Verlegenheit, selbst an seinem Unheil beteiligt zu sein, und sei es nur, genau dort gestanden zu haben, wo der Ziegel vom Dach fiel. Tröstlich ist, daß es auch jeden anderen – gleichsam ohne Unterschied der Person bei Gleichheit der Faktoren – hätte treffen können und keine hinterhältige oder strafende Absicht gerade gegen diesen einen im Spiel war. Aber ohne Trost läßt der Gedanke den Verscheidenden oder die ihn Überlebenden – die es eben nicht waren, die dort gestanden hatten, wo es hintraf –, daß es keinen zureichend einsehbaren Grund gegeben hatte, gerade dort zu stehen, dorthin zu gehen, von dort nicht beizeiten wegzugehen.

Weil das nun so ist, hat mancher nicht mehr die Gelegenheit, sein ›letztes Wort‹ zu sprechen. Es ist ihm zur Unzeit vom Munde genommen worden. Dafür können es nun, da es nicht mehr um die Strafe für geheime Sünden oder um den verborgenen Ratschluß der Gottheit geht, andere für ihn sprechen. Es ist nie falsch, von einem zu frühen Tod zu reden, der keinen Sinn erkennen ließ.

Zwei schöne Beispiele hat Fontane bei Gelegenheit des Todes Karl von Derfflingers, des jüngsten Sohnes des brandenburgischen Feldmarschalls. Als dieser die Nachricht erhielt, der Sohn sei gleich zu Beginn der Belagerung der Türken in Ofen durch das Reichsheer unter Beteiligung eines kurfürstlichen Kontingents bei einem Ausfall der Belagerten zu Tode gekommen, soll er gesagt haben: »Warum hat sich der Narr nicht besser in acht genommen!«

Was darin steckt, verdeutlicht Fontane mit dem Ausruf des Wilhelm von Oranien, als ihm nach der Schlacht an der Boyne der Tod des Bischofs von Derry gemeldet wurde: »Ganz recht, warum war er auch, wo er nicht hin gehörte!«

Es sind Stücke aus einem modifizierten atomistisch-epikureischen Weltmodell: Keiner ist ›gemeint‹, wenn die Atome ihn erschlagen; aber keiner mußte sich gerade dort befinden, wo sie ihn trafen. An diese ›Mitschuld‹ hatte Epikur nicht gedacht, weil er sich von der Benennung der Freiheit nichts Tröstliches versprach – und wenn man nur vergessen hatte, sich rechtzeitig in Sicherheit zu bringen, sofern es diese unter Bedingungen des Atomismus gab. Spürbar haben sich die Bedingungen verändert, obwohl von dem zwischenzeitlich ausschlaggebend gewordenen Gott wieder nicht mehr die Rede ist. Aber nun muß keiner dort sein, wo er gerade war. Immer erscheint er im Nachruf als der Dummkopf, der es an Vorsicht hatte fehlen lassen, die nur seine eigene sein konnte. Insofern sagen die anderen nur für ihn, was ihm als ›letztes Wort‹ im Irrealis unterstellt werden durfte: Hätte ich an der richtigen Stelle – oder auf der richtigen Seite – gestanden, lebte ich jetzt noch!

Unter dem Erwanderten auf Gütern der brandenburgischen Marken ist eine exquisite Besonderheit für den Historiker Fontane das gerahmte Quartblatt im Schloß von Steinhöfel, auf dem der Kronprinz Friedrich im August 1739 von Königsberg her einen seiner Versbriefe an Voltaire entworfen hat. Seither – es ist 1862 – enthält die gedruckte Korrespondenz des Königs diese Epistel; aber Fontane findet es der Mühe wert, das Gedruckte mit dem Geschriebenen, das Ausgefertigte mit dem Entworfenen zu vergleichen. Da ist unter den Gesten aufgeklärter Gemeinsamkeiten gegenüber dem Verfasser des »Mahomet« die kaum als schlicht zu bezeichnende Feststellung vom einprozentigen Anteil derer, die wirklich denken, an der Hundertschaft solcher, die zu denken glauben: *Entre cent personnes qui croient penser, il y en a une à peine qui pense par elle-même.*

Solche Behauptungen sind der Zeit geläufig, und sie erschrecken keinen, weil man der künftigen und sogar mitzubewirkenden Erhöhung des Prozentsatzes sicher ist. Woher aber stammt die Sicherheit über den Ausgangswert? Und wenn man diese etwa nicht hätte: wie wollte man dessen Veränderung als Aufklärungserfolg einmal feststellen? Denn der Vergleich wird ja nicht angestellt zwischen mehr oder weniger Wissenden, auch wenn die ersteren zur Unwissenheit dazu noch die Illusion vermeinten Wissens hätten. Es geht ums Denken, ums Selberdenken, und um den als verbreitet angenommenen Glauben, dieses täte man schon.

Woher weiß der Versentwerfer, was so viele glauben, und woher weiß er, wieviele das wirklich sind, was sie von sich halten? Wie vor allem wird er das doch naheliegende Bedenken los, der so hart Urteilende selber könnte einer sein, der dabei zu denken glaubt, ohne es wirklich zu tun? Der also einen Topos nachspräche? Um nicht zu sagen: ein Vorurteil. Abstrakter gesprochen: Wie wird die Vernunft sich dessen gewiß, es zu sein? Da ist es doch mit dem *Cogito ergo sum* nicht getan, dessen ›denkende‹ Selbstgewißheit mit der Qualität des ›Denkens‹ nicht das geringste zu tun hat. Der cartesische Satz hat Geltung für jeden Aberwitz.

Merkwürdigerweise wollte der Erfinder der berühmten Gewißheitsformel gar nicht beim *Cogito ergo cogito* verweilen; ihn lockte das *Sum*. Er hatte das Denken so unspezifisch, so unordentlich wie möglich genommen, um schlechthin jede ›Vorstellung‹ einzubeziehen, die innere Bewußtseinsstrecke ›dicht‹ zu machen. Deshalb wäre ihm das ›Ich glaube zu denken‹ (*credo cogitare*) so lieb gewesen wie das *Cogito* im Sinne eines ›Ich denke wirklich‹ – nämlich selbst. Aber ist über das Zu-denken-glauben jemals hinauszukommen? Gibt es ein klares Bewußtsein vom Unterschied? Die Phänomenologie glaubte die Antwort gefunden zu haben, indem sie ›Anschauung‹ zum Kriterium des nicht nur geglaubten, gleich: gemeinten, Denkens machte. Aber ist dieses Denken nicht bloß dadurch ausgezeichnet, daß es mit dem Anspruch durchkommt, nicht einmal jener Eine von Hundert könne widersprechen? Es bleibt beim Glauben, auch und gerade dann, wenn es keine Apostaten gibt.

# DIE GRÄBER DER HUMBOLDTS

Ein Wanderer wie Fontane in der Mark Brandenburg stößt irgendwann in einem Eckchen des Landes auf das ihm Gemäße, das nicht nur den Liebhaber und den Historiker reizt, sondern dem Menschen selber aufgehen läßt: daß er sich's gesucht und nun gefunden hatte. Nur: Sagen kann er es nicht, das verbietet die Gewandung des Wanderers, der anderen zwar vorgibt, *was* sie auch einmal sehen sollten, doch nicht, *wie* sie es sehen würden. Die Hinterlist des Lesers besteht darin, die Blickrichtung zu verweigern und, statt aufs Erwanderte, auf den Wanderer zu sehen.

Fontanes Sympathie für das Dorf Tegel und der Humboldts Schloß und Grab dort kommt schon in der Art der Erwanderung zum Ausdruck, die etwas von säkularer Wallfahrt hat und zur Erfahrung der Annäherung auch dem fußtüchtigen Adepten empfohlen wird: durch Berlins Dehnungsgebiet, seine von neuer Zeit und neuem Geist der Industrie wie durch die Banalität der Vergnügungsstätten geprägten Vororte. Tegel ist dazu das Ganzandere: einmal Jagdschloß des Großen Kurfürsten, Besitz der Humboldts seit dem Hubertusburger Frieden, ist es eine Exklave des preußischen Späthumanismus in ›reizender Lage‹ geworden.

Fontane reiht nicht nur nach Fremdenführerart die Schätze der Sammlungen aneinander. Er gibt für das Beste der Antiken auch den historischen Hintergrund an: das Schreiben Papst Pius' VII. an Wilhelm, den einstigen Gesandten Preußens in Rom, der viel für die Rückführung der vatikanischen Kunstschätze aus dem Raubgut Napoleons getan hatte. So kamen die gekreuzten Schlüssel Petri an die Säulen aus *rosso antico* nach Tegel, wo weder dem päpstlichen noch dem preußischen Gott gehuldigt worden war. Was war es dann, was die Brüder auf die Granitsäule über ihren Gräbern die Gestalt der Hoffnung hatte setzen lassen?

An dieser Grabstätte begegnet nicht nur der ›Geschmack‹ der Humboldts: *vielleicht auch ein Höheres noch als das*, was sie das Übliche verschmähen ließ, *in langen Reihen eichener Särge den Tod gleichsam überdauern und die Asche der Erde vorenthalten zu wollen*. Es gibt kein Mausoleum, keine Krypta; nur ein Hain von Edeltannen friedigt die Stätte ein als Zeichen dafür, wie sicher man sich des *Fortlebens im Geiste* gewesen war. Das ist noch eine Phrase, der man nicht viel zutraut. Sie kann zuviel bedeuten – oder nicht mehr als eine durch Kant hindurchgegangene preußische Metaphysik.

Genauer ist Fontane, wenn er zum Abschluß seinen ›Eindruck‹ beschreiben will. Er ist, so früh schon, einem Stück Kunst der Resignation, als ob der eigenen zuvorkommend, gegenübergetreten. So etwas läßt sich nur von dem Fremden sagen, dem man begegnet ist. Und da ist es die Bestimmtheit, *einer entschiedenen Vornehmheit begegnet zu sein*. Es ist nicht selbstverständlich, wie Fontane hier ›Vornehmheit‹ als Wurzel der Zurückhaltung in Überzeugungen – religiösen, politischen, metaphysischen – ausgibt; es ist seine Maxime, die niemals laut wird, daß aus solcher Dezenz ›Vornehmheit‹ resultiert, auch wenn man gerade kein Humboldt sein sollte. Daß ein Bekenntnis mit einem Lächeln verbunden sein kann, das ist weit entfernt von aller Hofpredigerattitüde. An dieser Grabstätte im Tegeler Schloßpark: *Ein Lächeln spricht aus allem und das resignierte Bekenntnis: wir wissen nicht, was kommen wird, und müssen's erwarten.*

Wo hätte Fontane gesehen, was er sonst nicht einmal *gesagt* haben konnte? *Deutungsreich* wird die Hoffnung, die von der granitenen Säule auf die Gräber herabblickt – die Hoffnung, als eine ungläubige alles offen lassend: *Im Herzen dessen, der diesen Friedhof schuf, war eine unbestimmte Hoffnung lebendig, aber kein bestimmter siegesgewisser Glaube.* Keine *Hindeutung auf das Kreuz,* und nirgends ein *Ausdruck unerschütterlichen Vertrauens.* Der *Geist der Liebe und Humanität,* der über dem Ganzen schwebt, hat die Trennung zwischen dem alten Verbund von Glauben und Hoffnung nicht nur vollzogen, sondern zur Voraussetzung: Humanität kommt aus der Gemeinsamschaft der Ungewißheit.

Als hätte Fontane empfunden, mit dieser Konfession zu weit gegangen zu sein und die Dezenz der Vornehmheit verletzt zu haben, erklärt er die Pflicht des märkischen Wanderers, die Singularität dieser Komplexion im Land des Verbundes von Thron und Altar *am Sichtbaren* sich abzeichnen zu lassen: *Aber ich durfte (und dieses Dürfen muß man betonen) den e i n e n Punkt nicht unberührt und ungenannt lassen, der, unter allen märkischen Edelsitzen, d i e s e s Schloß und d i e s e n Friedhof zu einem Unicum macht.* Zum Unicum nach beiden Seiten: zu Friedrichs Freigeisterei und zum Gegenpart der Friedrich Wilhelme.

Hier wird eine Summe der Wanderungen gezogen, die sonst nur andeutungsweise, wenn überhaupt, in den Blick fällt und den Wanderer zum Mitwisser intimer Dezisionen werden ließ: *Die märkischen Schlösser, wenn nicht ausschließlich f e s t e Burgen altlutherischer Konfession, haben abwechselnd den Glauben und den Unglauben in ihren Mauern gesehen; straffe Kirchlichkeit und laxe Freigeisterei haben sich innerhalb derselben abgelöst.* Wenn man das endlich – und lange nach dem Anfang der »Wanderungen«, aber noch weit von ihrem Ende entfernt – so rückhaltlos und ohne Vorsicht gesagt bekommt, kann es nur möglich geworden sein angesichts der Gräber von Tegel: *Nur Schloß Tegel hat ein d r i t t e s Element in seinen Mauern beherbergt, j e n e n Geist, der, gleich weit entfernt von Orthodoxie wie von Frivolität, sich inmitten der klassischen Antike langsam, aber sicher auszubilden pflegt, und lächelnd über die Kämpfe und Befehdungen beider Extreme, des Diesseits genießt und auf das rätselhafte Jenseits h o f f t.*

Aus der Schreibstube des Dichters, des Kriegshistorikers oder des Romanciers hätte das nie gesagt werden können. Der Wanderer *sieht* es, und man *sieht* es ihm an, daß er es *sieht.*

## DIE LEERE GRABESHÖHLE DER VERNUNFT

D*ie Welt hatte vielfach die Aufklärung satt. Man sehnte sich wieder nach dem Dunkel, dem Rätselhaften, dem Wunder.* So beschreibt Fontane im Dritten Teil der »Wanderungen« die Grundstimmung im letzten Viertel des 18. Jahrhunderts, nach Friedrichs des Großen Tod und im Regierungsjahrzehnt seines Nachfolgers. Die deutsche Spielart des Voltairianismus hatte sich mit dem preußischen Thron für fast ein halbes Jahrhundert verbunden, war zum Herrschaftsstil mit seinen frivolen Neigungen geworden – und es scheint, daß die Menschen mit dem Überdruß an der

Langfristigkeit von Herrschaft auch deren Gesichter und Meinungen wechseln sehen möchten. Es gibt – man weiß das spätestens seit dem Fernsehverschleiß manches kaum der Übeltat verdächtigen Gesichts – den Aufbrauch des Kapitals von Vertrautheit. Wenn es soweit ist, wird man bereit, das Absurde und die Mystifikation in Kauf zu nehmen, wenn es nur nicht wieder ›die Vernunft‹ ist.

Unter Friedrich Wilhelm II. gab es diesen krassen und vom König geförderten Wechsel der Szenerie. Fontane wird über die Behandlung des altwendischen Dorfes Marquardt und dessen Eigentümer auf die Gestalt des Generals von Bischofswerder geführt, der als Günstling des Königs auch eine Hauptfigur des neuen Mystizismus wurde – oder umgekehrt: als Vertrauter des Untergrunds zum Königsvertrauten avancierte. Dabei hält es Fontane nicht einmal für erwiesen oder noch nachprüfbar, ob der König bei einem seiner Besuche in Marquardt den ›Mysterien‹ der eigens dafür errichteten Höhle beiwohnte, deren Doppelwandigkeit für ›wunderbare‹ Effekte allerdings noch an den Überresten des Bauwerks erkennbar gewesen sei. Die wichtigste aller Fragen, wie immer in solchem Zusammenhang, ist die nach der Aufrichtigkeit der Erzeuger des optischen und akustischen Trugs. Das auf so jämmerliche Weise zuende gehende Jahrhundert der Vernunft hatte gerade an diesem Punkt seiner Kritik an Religionen versagt, indem ihm der machterhaltende ›Priesterbetrug‹ als die selbstverständlichste Sache von der Welt erschien: von den antiken Orakeln und Mysteriengrotten bis in die Wunderwelt der Bibel und der Heiligen hinein. Fontane ist vorsichtig mit diesem Schema. Den Akteuren auf der einen Seite stehen die Leichtgläubigen und Wundersüchtigen auf der anderen gegenüber, für die es nicht viel mehr als des überzeugenden Auftritts bedarf. Sie bekommen, was sie aufs sehnlichste wünschen – werden sie betrogen?

Über Bischofswerder macht Fontane es sich mit dem Urteil schwer und riskiert, was er selten tut, die Paradoxie: *Ein Rosenkreuzer war er gewiß, ein Scharlatan war er nicht. Er glaubte eben an diese Dinge. Daß er, wie bei Aufführung einer Shakespeareschen Tragödie, mit allerhand Theaterapparat Geister zitierte, eine Sache, die zugegeben werden muß, scheint dagegen zu sprechen. Aber es scheint nur. Diese Gegensätze, so meinen wir, vertragen sich sehr wohl miteinander.*

Eine eigentümliche Rolle bei den Kapitulationen der Vernunft vor den neuen Dunkelheiten spielt der Tod. Als Friedrich Heinrich Jacobi 1785 Lessings letztes Bekenntnis veröffentlichte und die Prometheus-Ode hinzufügte, unter deren Überwältigung Lessing dem Ausdruck seiner spinozistischen Naturvergottung nicht hatte widerstehen können, war es diese durch den Tod schon besiegelte und durch einen weiteren Tod des Erschreckens davor – den des Moses Mendelssohn – noch zu besiegelnde Konfession, die den ohnehin schwächlichen Aufklärungsgeist kurz vor Friedrichs Tod entmachtete. Dies nur als Einweisung in die ›Bekehrungsgeschichte‹ Bischofswerders, wie Fontane sie aufgefunden hatte. Der spätere General war als Student in Leipzig im Rosenthal am 8. Oktober 1774 Zeuge des Todes von Johann Georg Schrepfer geworden, der seine Freunde zum Abendmahl und zum anschließend verheißenen Tod eingeladen hatte: *Bis jetzt hab ich Ihnen Verstorbene gezeigt, die ins Leben zurückgerufen wurden; morgen aber sollen Sie einen Lebenden sehen, den Sie für tot halten werden.* Nahm noch einen kurzen Schlaf und führte die Freunde in die Morgendämmerung hinaus, hieß sie an einer bestimmten Stelle warten, sie sollten *bald eine wunderbare Erscheinung sehen.* Alsbald hörten sie den Schuß und fanden den Toten. Konnte er geglaubt haben, das Wunderbare, das sich ihm so oft versagt hatte, mit dem äußersten Mittel zu erzwingen? Fontane gibt dem Meister nicht weniger Kredit als dem Adepten: er sei *von einem gewissen ehrlichen Glauben an sich selbst* gewesen. Jeder Tag bringe seine Wunder, habe er vielleicht aufrichtig gemeint, *warum sollte am Ende nicht auch mir zuliebe ein Wunder geschehn.* Als seine letzte Manipulation nicht zur Wandlung geriet – eingesiegelte Papierschnitzel waren nicht zu Gold geworden, nicht einmal zu Papiergeldscheinen –, mochte er meinen, an Erzwingung des Wunderglücks nicht genug getan zu haben. Diesen letzten Schritt tut Fontane nicht und läßt seinen Leser damit bei dem Verdacht, die Ausweglosigkeit habe dem Verzweifelten *das Pistol* in die Hand gedrückt.

Würde dann für Schrepfers letzten Schritt Fontanes Toleranz nicht mehr gelten und nur noch dastehen bleiben, er sei *die Inkarnation jenes Lug- und Trugsystems* der Geheimbündner gewesen? Merkwürdig ist doch, daß ein Mann von dem nüchternen Realismus – den er als späterer Ratgeber des Königs erweisen sollte – wie Bischofswerder, durch den Tod Schrepfers nicht zur Apostasie, sondern zum Apostolat gebracht worden ist. Tode imprägnieren nicht mit Zweifel, sie fixieren auf Vermächtnisse. Die doppelte Wand der Höhle von Marquardt – *über jeden Zweifel hinaus erwiesen,* wie Fontane schreibt – wäre nur die bescheidene Nachhilfe des Überzeugten für das Wunderbare, das sonst als Unvernehmbares abgewiesen bliebe. Was die kurzen Visiten des Königs in Marquardt angeht, schreibt Fontane: *Ob er eintraf, lediglich um sich des schönen Landschaftsbildes und der loyalen Gastlichkeit des Hauses zu freuen, oder ob er erschien, um ›Geisterstimmen‹ zu hören, wird für alle Zeiten unaufgeklärt bleiben.* Wie es sich für das Ende der Aufklärung geziemt, möchte man hinzufügen, deren ›Priesterbetrugsthese‹ sich im Hinblick auf einen auch nur möglicherweise betrogenen Preußenkönig nicht gut ausnehmen würde.

## GESCHMACKSURTEILE

Friedrich Wilhelm III. hatte sich, noch als Kronprinz, das kleine Sommerschloß an der Havel bei Paretz bauen lassen, das mehr als durch den Monarchen durch den Wanderer Fontane vertraut geworden ist. Was dieser von dem Verlierer bei Jena, seiner Menschenscheu, seiner dörflichen Leutseligkeit, seiner Kinderliebe erzählt, ist auch die folgende Kleinigkeit: Der König fragte eines Tages einen Jungen des Dorfes, ob er schon mal Ananas gegessen habe. – »Nee, Majestät.« – Dann solle er mal probieren, aber mit Bedacht: »Was schmeckst du heraus?« – Der Junge kaute, was ihm angeboten worden war, dachte nach und erklärte dann: »Wurst.« Als daraufhin alles lachte, bemerkte der König in der ihm angemessenen Ruhe: »So trägt jeder seinen Maßstab in sich.«

Als ein neuer Protagoras in Paretz philosophiert der König noch ein wenig weiter, wie denn jeder in seinem Gefühlskreise bleibe und sein Recht zu haben glaube, wo doch in Wirklichkeit alle Unrecht hätten. Das vielfarbige Fenster des Speisesaales im Schloß gibt Anlaß, das noch einmal auch weniger fassungskräftigen Gemütern zu erhellen und abschließend einen Ausfall in die Richtung zu tun, in der man sich gerade durch Vielfarbigkeit auszeichnete: »*So geht es vor allem den Herren Theologen. Jeder hat da sein Glas.*«

Der König hätte vielleicht noch mehr Weisheit ausstrahlen können, wenn er bei dem Jungen geblieben wäre, der offenkundig mit der Qualifizierung der Ananasprobe das höchste ihm zugängliche Prädikat vergeben hatte. Was man an diesem Tage nicht mehr in Erfahrung bringen konnte, wohl aber den Nachforschungen eines einschlägig kompetenten Hofbeamten hätte anvertrauen sollen, wäre das weitere Schicksal der Geschmacksurteile dieses Jungen gewesen. Hätte man nicht ein paar Tage später die Probe machen und ihm eine besonders köstliche Wurst aus dem Vorrat des Schlosses anbieten sollen, wiederum mit der Frage, was er denn mit Bedacht herausschmecke. Vielleicht hätte er diesmal geantwortet: »Ananas«. Denn wenn auch jeder seinen Maßstab für Geschmacksurteile in sich trägt, bleibt doch dieser nicht unbeeinflußt von erfahrener Lust oder Unlust.

Einen anderen Fall für die Befremdlichkeit von Geschmacksurteilen berichtet Alexander von Humboldt von seiner südamerikanischen Expedition. Man habe einen vom Rio Guaisia entlaufenen Indianer in die Mannschaft aufgenommen, der so gelehrig war, daß er nach wenigen Wochen schon beim Aufstellen der Instrumente für nächtliche Himmelsbeobachtungen gute Dienste leisten konnte. Er schien so gescheit wie gutmütig zu sein, und man habe schon erwogen, ihn endgültig in Dienst zu nehmen. Da gab es im letzten Augenblick noch einen großen Verdruß, als im Gespräch über den Dolmetscher von diesem Eingeborenen zu hören war, das zur Verpflegung herangezogene Fleisch der Manimondas-Affen sei zwar schwärzer, schmekke aber doch ebenso gut wie Menschenfleisch.

Nun genauer befragt, schwärmt der Mann von den kulinarischen Genüssen seines Stammes, wo man vom Menschen wie vom Bären zumal das Fleisch der Handflächen über alles zu schätzen wisse. Und bei diesem Ausspruch, stellt Humboldt mit Abscheu fest, *äußerte er durch Gebärden seine rohe Lust.* Ob der gefällige junge Mann auch in Zukunft noch Lust verspüren werde, sich solche Genüsse zu verschaffen, erklärt er auf Befragen: er werde das essen, was er die anderen essen sehe; auf der Missionsstation werde er nur essen wie *los padres*. Man konnte sich nicht einmal entschließen, ihm oder anderen wegen solcher fatalen Ernährung Vorwürfe zu machen. Das helfe rein gar nichts und sei nicht anders, als wenn ein in Europa reisender Bramine vom Ganges *uns darüber anließe, daß wir das Fleisch der Tiere essen.*[5]

Nun ist auch dies nur eine verkürzte Geschichte. Der von seinem Stamm entlaufene Indianer hat gar keine Wahl, sich nicht an das zu halten, was seine übermächtige Umgebung ihm an Nahrung zuführt. Das Versprechen, insofern konform zu leben, bedeutet wenig. Würde aber dieser Mann jemals empfinden, daß er einer niederen Stufe der Barbarei glücklich entkommen und zu höheren Formen des Genusses, zu einem klareren Urteil des Geschmacks aufgestiegen sei? Oder würde ihn das Heimweh

5 Alexander von Humboldt, Reise in die Aequinoctial-Gegenden des neuen Continents. In deutscher Bearbeitung von Hermann Hauff. Stuttgart 1859/60, IV 21 f.

nach seinem Stamm schon deshalb nicht loslassen, weil er dort sein Versprechen würde einhalten können, dasselbe zu essen wie die anderen?

## FONTANES SEENOT (DIE COLUMBUS-FORMEL)

Der ›Gelegenheitsdichter‹ steht für die genaue Umkehrung der vielfältig idealisierten Verfassung des lyrischen Subjekts. Es wird, im unpassendsten Augenblick – etwa dem des gänzlichen Papiermangels –, von seinem ›Einfall‹ (gelinde gesagt, um nicht die Muse küssen zu lassen) überwältigt und zum (beinahe) Vollendeten niedergezwungen. Umgekehrt der Gelegenheitsdichter. Hat er es als solcher zu einiger Beliebtheit gebracht, muß er auf die Gelegenheit, auf den Jubeltag, den Festzug, sehenden Auges ohne Einfall zugehen. Nur gesichertes Handwerkszeug läßt ihn auf das vertrauen, was er oft schon probiert hat: Vor dem weißen Bogen mit der Feder in der Hand wird ihn der Einfall nicht im Stich lassen.

Nun wissen wir nur von den Gelegenheitsgedichten, die zustande gekommen sind; von den ausgebliebenen wissen wir nichts. Not lehrt dichten, das stimmt nicht immer, denn Gelegenheitsgedichte sind gewöhnlich ungewöhnlich schlecht. Es gibt Ausnahmen, austrainierte Gelegenheitsmeister, denen sogar das Geburtstagsgedicht an die Ehefrau Jahr für Jahr ›gelingt‹. Übrigens am ehesten in der humoristischen Variante, wie man an Fontane, einem dieser Okkasionsmeister, beobachten kann. Er dichtete anderen und sich nach Bedarf. Etwa für sich die Motti zu den Kapiteln seiner »Wanderungen«, wenn ihm Fremdes zu ungenau passen wollte. So zur Spreewaldfahrt: *Und daß dem Netze dieser Spreekanäle / Nichts von dem Zauber von Venedig fehle, / Durchfurcht das endlos wirre Flußrevier / In seinem Boot der Spreewald-Gondolier.* Was wir aus seinen Reimereien sicherer als aus anderem erfahren, sind seine furchtlos bildungswidrigen Aussprachemanieren sprachenweit.

Der Gondoliere, mit dem Fontane in Begleitung des Kantors von Lübbenau aufbricht, ist dies nur am Tage, sonst ist er Nachtwächter des Umschlagplatzes von Gurken und Meerrettich. Das Motto gibt schon an, wie schwierig sein Tagesberuf im Vergleich mit dem nächtlichen Amt durch die Wirrnis des Reviers ist: *Das Ruder in der Hand steht er wie auf Posten und kennt nicht Hindämmern und Halbarbeit.*

Dennoch: Ein Erkunder der Mark von so unaufregender Gelassenheit wie Fontane hat, wie andere und gar Größere, seinen Beinahe-Schiffbruch verdient. Hier ist es möglich zu stranden, ohne gleich zu scheitern. Man wagt sich in immer engere und seichtere Kanäle und sitzt endlich fest. Der Dialog zwischen dem Bootführer Birkig und dem Kantor Klingestein ist preußisch und assoziiert auch sogleich dahin: *»Es geht nicht«, murmelte Bootführer Birkig. »Es muß gehen«, erwiderte der Kantor wie Blücher auf dem Marsche nach Waterloo. Und siehe da, es ging.* Nichts macht die Einschätzung des Willens deutlicher: Ist er ins Spiel gekommen, bedarf es keiner Angabe mehr, *wie* es denn gegangen sei.

Doch dann hat man sich verfahren. Aus dem Blücher muß ein Kolumbus werden, *der unerschütterlich gegen Westen gezeigt und einer beinah meuternden Mannschaft gegenüber auf seinem Willen bestanden hätte.* Er kennt nicht Kanal für

Kanal, wie man sie nehmen müßte, aber er kennt die Richtung, die hier wie auf dem hohen Meer allein den Kurs bestimmen muß. Doch als ginge es um einen Philosophenschiffbruch, muß erst die Krise noch kritischer werden, damit sie sich lösen kann. In dem *einen* Satz Fontanes: *Zwar war es zunächst ein allerschlimmster Platz an den wir gelangten, ein Wasserkreuzweg von dem aus Kanälchen und kleine Flußarme nach den verschiedensten Seiten hin abzweigten aber dieser Moment äußerster Not und Verwirrung bezeichnete doch auch zugleich den Moment unserer Rettung.* Im spitzen Winkel zweier dieser verwirrenden Mündungen auf den Kreuzweg steht ein Kätnerhaus, und so weiter. (Übrigens habe ich in dem Kernsatz den stilistisch unabwendbaren Schwund an Interpunktion unverfälscht gelassen: Auch im Spreewald benimmt Seenot den Atem.)

Gerade weil dies kein Philosophentext ist und niemals in einer verantwortlichen Textsammlung »für die Oberstufe« gestanden haben dürfte, muß man die Verbildlichung des Grundproblems jeder Ethik sich eingehen lassen. Nicht nur, daß der Wille den *Weg schafft*, er weist ihn auch. Die Topographie versagt sich einer Orientierung an Inhalten, an Merkmalen der Landschaft, an *materialen* ›Werten‹ im weitesten Sinne des ›Sachgemäßen‹; sie erschließt sich nur der *formalen* Vorgabe, die schon Descartes den Verirrten im Wald als *morale par provision* empfohlen hatte: von der eingeschlagenen Richtung nicht abzuweichen und das jeweils Nächstliegende nur im Maße der Einhaltung auf das Fernstliegende gelten zu lassen. Sowenig wie den Zeitgenossen weit mehr als ein Jahrhundert nach Fontanes ›Seenot‹ die Willenslösung *à la manière de* Blücher gefällt, sowenig mögen sie den allerorts aufblühenden Ethikern abnehmen, es sei *à la manière de* Columbus zu verfahren, wenn man sonst nichts wisse, nämlich geradeaus und auf (West)Kurs zu bleiben. Daß da dann nur ein weißgetünchtes Fachwerkhaus eines Kätners namens Post am anderen Ufer stehen könnte – das hinzunehmen ist denn doch bei hochgemutem Anspruch zu wenig verlangt.

So mag es ein weiteres Jahrhundert dauern, bis aus Fontanes ›Seenot‹ etwas ›für die Oberstufe‹ zu lernen sein wird.

## IN-DER-LEBENSWELT-SEIN HEISST: NICHTSCHWIMMER SEIN

Mit fortschreitender Bewanderung seines Terrains hat der Markenwanderer immer wieder einen ausgelassenen Winkel nachzuholen. Da läßt er sich, aus den Erträgen des erwanderten Erfolgs, auch gerne fahren. So in der Osterwoche 1881 in das Land Beeskow-Storkow zwischen Spreewald und wendischer Spree, auf dem Bock neben dem zum ›Fuhrherrn‹ veredelten Kutscher, der vor den Romanen ein ›natürlicher‹ Fall von Namenwunder ist: *Er hieß Moll, entsprach durchaus seinem Namen und gab was auf Bildung, Bücher und Zeitungen.* Ein angenehmer Leitgenosse und Verschoner seiner Pferde. Zu diesem tierliebenden Zweck trennt man sich angesichts des Scharmützelsees für einen halben Tag: Der Fuhrherr fährt geradenwegs nach Pieskow, Fontane geht auf dem anderen Seeufer nach Saarow, um sich von dort auf einem vermuteten ›Seelenverkäufer‹ über den See setzen zu lassen und sich mit seinem Gefährt wiederzutreffen.

Saarow ist eine Enttäuschung: keine Gräber, keine Inschriften, kein geschichtskundiger Schulmeister. Also begibt sich Fontane zur Fährhütte, doch ist der Fährmann abwesend und nur der zwölfjährige Sohn mit der jüngeren Schwester bereit, den Fremden zu rudern. Der erkennt sofort, daß *der Junge seiner Sache vollkommen sicher war und den Scharmützel ohne sonderliche Mühe bezwingen würde, trotzdem uns der Wind entgegenwehte.* Doch läßt sich Fontane erst, als man die Seemitte erreicht, auf ein Gespräch ein. Wie tief denn der See sei? »Na, wie uns' Huus.« Die kleine Schwester flüstert ihm mit der tieferen Einsicht der Weiber ins Natürliche zu: »O, mihr, mihr … « Offenkundig war eine Tiefe, die der Höhe des Elternhauses entsprach, das anschauliche Maß fürs Gehörige. Aber ob haustief oder mehr, den Frager interessiert das Sicherheitsmoment in jedem Fall. Ob sie denn auch schwimmen könnten, oder wenigstens er? »Nei.«

– »Ja, da kannst du ja mal ertrinken.«

– »O, ick wihr doch nich.«

– »Nu nimm mal an, wenn euer Boot umkippt.«

– »Uns' Boot kippt nich.«

*Und dabei sahen sie sich an und kicherten und ruderten weiter.* Das ist die Lebenswelt; nur wer von außen in sie eintritt, sieht Risiken jenseits des Randes alltäglicher oder erinnerter oder jemals auch nur vorgestellter Vorkommnisse. Wie konnte einer solche Fragen stellen und Fähigkeiten verlangen, für die es keinen unmittelbaren Bedarf gab? Fast wie der Lehrer, an dessen Rechenaufgaben man mit der Mutter gebrütet hatte, als der befreiende Fährauftrag kam. Wozu etwas, was nie vorkommt? Der Nichtschwimmer ist das nur durch die Mühsal des Begriffs aufzustörende Subjekt einer ›Lebenswelt‹. Denn, daß man schwimmen müßte, wenn man doch ein Boot hat, ist ein Bezug aufs Abwesende, den nur der Müßiggang herstellt – oder das Schicksal, eines Tages.

## RISKANTES VERHALTEN

Tiere, die nicht zu den Anwärtern aufs Gefressenwerden gehören, die sich Mutwilligkeiten vieler Art leisten könnten, zeigen doch nichts von dem, was man ›Lust am Risiko‹ nennen mag. Auch der von Arbeitslast zur Selbsterhaltung geplagte Mensch vieler Jahrtausende scheint nicht mehr an Gefährdung auf sich genommen zu haben, als mit der Sicherung des Lebens unvermeidlich verbunden war; der Unfall am Arbeitsplatz – durch mangelnde Vorkehrungen, unerkannte Langzeitwirkungen, nichtbeachtete Vorschriften, nichtbenutzte Schutzmittel – durfte nicht mit ›Leichtsinn‹ dem Getroffenen zugeschoben werden. Er war, in einem Falltypus, das Opfer des Akkords. Alle Hoffnung stand auf Minderung des Arbeitsdrucks, auf Mehrung der Ruhezeiten, auf Besserung der Vorsorge, auf Fortschritt der Nachsorge.

Umso verblüffender ist, daß jeder Gewinn an Entlastung kompensiert wurde durch ›arbeitsähnlichen‹ Zeitvertreib, und das bis hin zu erstaunlichen Graden des ›riskanten Freizeitverhaltens‹. Für das, was auf den Straßen geschieht, wird keine Statistik geführt, ob jeweils ein ›Berufsverkehrsteilnehmer‹ oder ein Freizeitling zu Fall kam; es ließe sich schon deshalb nicht sortieren, weil diese Unfallart Verursacher wie Unschuldige gleichermaßen trifft. Doch zeigt jeder Blick auf den Sport und die Phantasmen seiner Diversifikation vom Höhlentauchen bis zu den Achttausendern, daß die errungenen Freiheiten durchaus mit ›riskantem Verhalten‹ erfüllt werden. Zur Anthropologie – einer ohnehin von Resignationen heimgesuchten Disziplin, der nichts an ihrem ›Gegenstand‹ erspart zu bleiben scheint – gehört die Feststellung, daß der Mensch nicht nur ein mangels präziser Instinkte riskantes Wesen ist, sondern ein das Risiko suchendes, sich an ihm qualifizierendes Wesen. Er wird nichts derart auslassen, den Mars eingeschlossen.

Der Unterschied zwischen dem Arbeitsunfall und dem ›riskanten Freizeitverhalten‹ ist dessen ungleich größere Polymorphie. Die Sportmedizin, die Unfallchirurgie, die Touristensanierung werden durch eine kaum typisierbare Vielfalt von ›Blessuren‹ immer wieder überrascht und überfordert. Darauf beruht auch das beklagte ›professionelle‹ Forschungsinteresse an diesem überdehnten Gebiet: Es wird zumeist zu wenig erreicht mit dem, was erreicht wird. Die Freizeitwelt ist, zögerte man nicht vor dem Zynismus, eine Karikatur der Arbeitswelt: Verzerrung hindert daran, Typik wahrzunehmen.

Nun gibt es bei solchen zeitlich gedrängten geschichtlichen Veränderungen immer das Interesse daran, wie es denn anfing. Gemeint ist nicht das Spektakuläre, nicht die Erstbesteigung des Matterhorns, nicht die Erstdurchschwimmung des Ärmelkanals. Gemeint ist das kaum merkliche Phänomen der Verwechselbarkeit von Arbeit und ›Erholung‹. Dafür – *auch* dafür – hat ein Auge Theodor Fontane, wenn er im östlichen Vorfeld von Berlin, in Friedrichsfelde, am Sonntagsausflugsvölkchen, mit einem einzigen Satz biblischer Anspielung festzustellen vermag: *Wie das lacht und glücklich ist im Schweiße seines Angesichts!*

## DAS GRÖSSERE LIED AN DIE FREUDE

Im Juni 1862 macht Fontane für den vierten Teil der Markwanderungen, das »Spreeland«, eine Fahrt in den Teltow links der Spree. Mittenwalde ist außer Zossen und Teupitz ein Hauptziel, denn hier war Paul Gerhardt, der Meister des lutherischen Chorals, von 1651 bis 1657 Propst an der St. Moritz-Kirche. Auf den Konflikt mit dem Großen Kurfürsten um die ›reine Lehre‹, der Gerhardt in der Grabinschrift zu Lübben immerhin die Wendung eintrug, er sei *in Cribro Satanae tentatus et devotus postea* gewesen – von Satans Versuchung umgarnt, doch daraus heil hervorgegangen –, geht Fontane weniger ein als auf die fromm-volkstümliche Produktivität jener Mittenwalder Jahre. Manchen Leser, der Fontane von dieser Seite nicht erkannt hätte, mußte vor allem der Vergleich überraschen, mit dem das Kapitel schließt: *Wer reist nach Mittenwalde? Tausende wallfahrten nach Gohlis, um das Haus zu sehen, darin Schiller das Lied »an die Freude« dichtete. Mittenwalde besucht niemand, und doch war es in seinem Propsteigarten, daß ein anderes, größeres Lied an die Freude gedichtet wurde, das große deutsche Tröstelied: »Befiehl du deine Wege«.*

Der unständige oder abständige Kirchgänger, auch er, kennt das Lied aus Bachs »Matthäuspassion«. Aber gerade nach dem, was er dort gehört hat, würde er auf Fontanes Vergleich nicht verfallen, wie überdrüssig er auch des ›schönen Götterfunkens‹ sein und wie stark er Fontanes Kühle gegen Schiller – wenn nicht sogar gegen Beethovens vokalen Ausbruch in der Neunten – teilen mag. Aber Paul Gerhardt das ›größere Lied an die Freude‹ zuzuschreiben, auch nur zuzutrauen, dazu gehört Mut, beinahe Unerschrockenheit.

Nun darf man Gerhardts zwölfstrophiges Kirchenlied nicht von der *einen* Strophe her abwägen, die in Bachs Passion gesungen wird, wenn Jesus im Verhör des Pilatus auf die Anklage als davidischer Thronprätendent diesen Anspruch zwar bestätigt, im weiteren aber stillschweigt: *Und er antwortete ihm nicht auf ein Wort, also, daß sich auch der Landpfleger sehr verwunderte.* Was hat an eben dieser Stelle der Demutsrat zu suchen: *Befiehl du deine Wege / Und was dein Herze kränkt / Der allertreusten Pflege / Des, der den Himmel lenkt. / Der Wolken, Luft und Winden / Gibt Wege, Lauf und Bahn, / Der wird auch Wege finden, / Da dein Fuß gehen kann.* Das läßt sich gewiß auf den beziehen, der noch in der Nacht am Ölberg mit dem Vater gehadert und sich nur unter Ängsten dem Kreuzeswillen gebeugt hatte. Vom (gläubigen) Hörer wird nicht entfernt das Kreuz verlangt, wohl aber das darin im Höchstmaß vorgebildete Vertrauen, im kleineren Maß das des Wanderers auf seine märkischen Wege. Wie auch immer und mit welchem Recht befragbar – ein ›Lied an die Freude‹ ist dies nicht.

Der Kirchgänger – zumindest der Besitzer eines lutherischen Gesangbuchs mit dem Kennzeichen der vielen Strophen oder gar der »Dichtungen und Schriften« Gerhardts mit seinen hundertdreißig Geistlichen Liedern – hat elf weitere Strophen vor sich und in der Ausdichtung von Luthers fünftem Vers des siebenunddreißigsten Psalms *Befiehl dem Herrn deine Wege, und hoffe auf ihn, er wird's wohl machen* eine gänzlich andere Gemütslage als die des Hörers der Passion angesichts des vor Pilatus verstummten Jesus. Der Psalmist rät zu einer fast stoischen Lebensweisheit, die – als

Hoffnung auf den Herrn nur verbal umkleidet – sogar die weiseste aller Lebensregeln einschließt: *Bleibe im Lande und nähre dich redlich.*

Wie kann das übergehen in die Metapher des Weges, an der sich Paul Gerhardt und mit ihm Bachs Passionschoral orientieren? *Weg hast du allerwegen,* läßt der Mittenwalder Propst singen und von der Arbeit, die nicht ruhen darf, soll sie noch den Kindern ersprießlich werden. Der Psalmist war dem Verstummen Jesu vor dem römischen Statthalter näher gekommen: *Sei stille dem Herrn und warte auf ihn.* Doch dann schlägt die Weltweisheit in die Dämonologie um, von der im Psalter nichts steht, wo alles darum geht, daß die ›Gottlosen‹ nicht obsiegen, wenn nur der ›Gerechte‹ auf den Herrn harret und *seinen Weg hält.*

Der Lutheraner hat die Teufel im Plural wie ihren Bezwinger im Singular: *Und ob gleich alle Teufel / hier wollten widerstehn, / so wird doch ohne Zweifel / Gott nicht zurücke gehn* … Das, und nichts anderes, ist das Argument für die Äquivalenz mit der Freudenhymne: *Hoff, o du arme Seele, / hoff und sei unverzagt! / Gott wird dich aus der Höhle, / da dich der Kummer plagt, / mit großen Gnaden rücken; / erwarte nur die Zeit, / so wirst du schon erblicken / die Sonn der schönsten Freud.* Auf dieser Strophe muß Fontanes Blick geruht haben, als er Gerhardt und Schiller konfrontierte. Man hat daran zu denken, daß der zeitgenössische Hörer der »Matthäuspassion« nur des Anstoßes *einer* Strophe bedurfte, um den vertrauten Choralschatz präsent zu haben. Es ist ja das Geheimnis versunkener Zeiten, daß es verläßliche Besitztümer gab.

Ich scheue die Blasphemie gegen die ›Großen‹ unserer Klassik – in diesem Fall gegen Schillers Hymne und Beethovens Jubelgesang – nicht, wenn ich meine Bewunderung für Fontanes Unverdrossenheit bekenne, sich nicht durch Bildungskonstanten beirren zu lassen. Paul Gerhardt hat mit seinem ›großen deutschen Tröstelied‹ auch das ›größere Lied an die Freude‹ gesungen – ohne Schillers Pompositär, weil er der ›Teufel‹ und der ›Höhle‹ gedachte, bevor er ›die Sonn der schönsten Freud‹ erblicken ließ. Da ist die Brücke zu Passion und Auferstehung.

Mach End, o Herr, mach Ende, ist der Tenor der letzten Strophe Paul Gerhardts. Obwohl nichts in diesem Gesang Fontane geschrieben haben könnte, weil er weder die Sprache der Theologie noch die der Dämonologie sprach, ist da doch eine Nähe, eine Sinnesgemeinschaft, die wir nur erahnen können.

## DELEGATION

Daß jeder ersetzbar ist, folgt zwar aus der Idee der Gleichheit, ist aber auch das Ärgernis ihrer Anwendung für jeden, dessen Idee nur sein kann, unersetzbar zu werden. Dafür gibt es eine paradoxe Voraussetzung: Unersetzbar kann man nur werden um den Preis, überflüssig zu sein. Es wäre zur Vollentwicklung dieser riskanten Spezies *homo sapiens* nicht gekommen, wenn nicht die ihr Notwendigen jederzeit hätten ersetzt werden können. Zum Luxus der Individualität durften es nur die bringen, die auch als andere hätten dasein können – deren Beliebigkeit zugleich die Schwäche ihrer Existenzsicherheit war.

Ersetzbar *muß* jeder sein, unersetzlich *will* er sein. In diesem Zwiespalt des Daseins erwächst die dritte Idee: die der

Vertretbarkeit. Der Unersetzliche muß nicht selbst tun, wofür er dasteht, er kann es im Mandat abtreten und kraft der Delegation es so sein lassen, als ob er selbst es wäre, der es tut und worum es anderen geht, daß er es tut.

Unter den Wrangel-Anekdoten sind Fontane, wie sich versteht, die am liebsten, die in Ruppin angesiedelt sind – obwohl die Pflicht des Historikers ihm abzwingt zu sagen: *auch andere Städte werden genannt.* Und Gelegenheit, sie zu erzählen, muß einer seiner ›Helden‹, etwa einer aus dem Geschlecht der letzten Schloßherren auf Liebenberg in den »Fünf Schlössern«, haben, der Graf Philipp zu Eulenburg-Hertefeld etwa, der als Wrangels Adjutant diesen schon darin zu vertreten gehabt hatte, daß er ihn in die Schlacht schickte, als ginge es darum, statt seiner zu sterben. Da beginnt der Ernst des Delegationsprinzips. Dessen heitere Seite, jenseits der ›dänischen Campagne‹, spielte sich eben in Ruppin bei der Inspektion der Truppe ab, die dort in Garnison lag. Die Ruppiner hatten *ihren Jungfrauenflor in drei Gliedern aufgestellt: Die hübschesten natürlich in der Front. Wrangel küßte die ganze Frontreihe durch und sagte dann, auf den Rest deutend: »Eule, küsse weiter.«*

Der Unersetzliche, oder wenigstens in jenem Augenblick so Angesehene, konnte sich vertreten lassen – und keine der Ruppiner Jungfrauen des zweiten und dritten Gliedes hätte Mißmut zeigen dürfen und wollen, auf Befehl vom Adjutanten geküßt worden zu sein. Vom Ersetzbaren, hier Unersetzlichen, im Besitz des Mandats kraft dieses schönsten aller preußischen Befehle, auch wegen der Vertraulichkeit der Namensverkürzung: »Eule, küsse weiter.«

In der Erinnerung der mitalternden Zeitgenossen gibt es Erscheinungen, die längst verschwunden sind, aber aus Bildern und Beschreibungen den Nachgeborenen noch vergegenwärtigt werden können. Es gibt aber auch Strukturen jener versunkenen Jugendwelt, die schlechthin verloren sind, die zu erzählen und zu erläutern fast aussichtslos erscheint, jedenfalls den Meistern der Beschreibung vorbehalten bleiben muß, die es hinter auffälligeren Skribenten noch geben mag.

Eine strukturierte Welt ist eine Wirklichkeit, die für das, was in ihr vorkommt, Konturen und Begrenzungen hat. Es gibt Zonen der Widerwärtigkeit, aber man kann eine Richtung einschlagen, in der sie zu verlassen sind. Es gibt den höllischen Lärm eisenbereifter Rollwagen auf kopfsteingepflasterten Straßen, aber irgendwohin braucht man nur ein paar Minuten zu gehen, einen Park betreten, eine alte Wallanlage erreichen, um das ganz und gar hinter sich zu haben. Wer aber hat solche Grenzen und Grenzübergänge jemals beschrieben?

Als Theodor Fontane 1867 in der nachmals so verlästerten »Gartenlaube« unter dem Titel »Ein Liebling der Musen« über seinen »Tunnel«freund Paul Heyse schrieb, begann er mit einer Lokaleinweisung, die zu den unvergeßlichen Stücken deutscher Prosa gehört und zitiert werden muß:

*Mancher, der das alte Berlin noch gekannt hat, wird sich entsinnen, wie still plötzlich die große Friedrichstraße wurde, wenn man, nach dem hallischen Tore zu, eine bestimmte Linie passiert hatte. Die Kochstraße zog eine Grenze zwischen Stadt und Vor-*

*stadt; diesseits lag der Lärm, jenseits die Stille. Und dieser Wechsel tat unendlich wohl. Die plötzlich beruhigten Nerven ließen erkennen, daß man aus der Zone des Rollwagens in die der schlafenden Droschke getreten war; die Läden hörten auf, die Jalousien fingen an; auf dem Bürgersteig lagen die Marmelspieler, und auf dem Fahrdamm lag die Sonne.*

Keine Sentimentalität, ein Schlenker zum Schluß. Er lenkt von der Idylle zurück auf Fontane und hat noch nichts von dem, über den er schreiben wird. Wie kommt, wer die unsichtbare Grenze zwischen Lärm und Stille überschritten hat, zum *Liebling der Musen* (Fontane wird nicht mehr erfahren: zum Nobelpreisträger)? Einfach durch die nochmalige Steigerung: *Lauter stille Häuser, aber eines war ein allerstillstes ...*

## NORMALROCK NACH GUSTAV JÄGER

Niemand werde aus dieser Uraufführung gehen können, ohne sich großes Kopfzerbrechen zu machen, schreibt der Kritiker, erstaunt über die Größe der Neuerscheinung. Nicht gestritten werden könne über den Eindruck, den der Dichter nach der Aufführung durch sein Erscheinen gemacht habe. *Statt eines bärtigen, gebräunten, breitschultrigen Mannes mit Klapphut und Jägerschem Klapprock erschien ein schlank aufgeschossener junger blonder Herr, von untadeligstem Rockschnitt und untadligsten Manieren, und verbeugte sich mit einer graziösen Anspruchslosigkeit, der wohl auch die meisten seiner Gegner nicht widerstanden haben.*

Ganz so darf der Kritiker nicht schließen. Es wäre zu glatt auf der Linie der Begeisterung, die er schon gezeigt hat. Der Dichter hat sich auf den ersten Schlag Feinde gemacht, auch unter den Freunden des Kritikers; sie werden die Wirkung des Stücks und die Erscheinung des Dichters widersprüchlich finden und zu der üblichen Umkehrung greifen, gerade eine solche ›graziöse Anspruchslosigkeit‹ und Manierlichkeit könne Täuschung sein. Der Kritiker weiß, daß man am besten den Extremwert vorwegnimmt, und erinnert sich an den Einleitungssatz des zweibändigen »Praktischen Handbuchs der gerichtlichen Medizin« von Johann Ludwig Casper: *Meine Mörder sahen alle aus wie junge Mädchen.*

Der Dichter war Gerhart Hauptmann am Tage der Uraufführung von »Vor Sonnenaufgang« am 20. Oktober 1889 in Berlin, der Kritiker Theodor Fontane in seiner nicht nur geliebten »Vossischen Zeitung« vom folgenden und nächstfolgenden Tag.

Es fällt auf, wie großen Wert der Kritiker auf die Kleidung des Dichters in der Uraufführung legt. Einem aus der ›schwarzen Realistenbande‹ war zuzutrauen, daß er auftreten würde, wie er es für eine der Gestalten seines Dramas, den Dr. Schimmelpfennig, vorgeschrieben hatte: Rock im Schnitt der Jägerschen Normalröcke. Das ist er, der reine Widerspruch zur bürgerlichen Unnatur, den der Dichter seiner Figur angetan, selbst aber vermieden hatte.

Gustav Jäger, Zoologe von Profession, dazu selbsternannter Entdecker der Seele gemäß dem Titel seines 1880 erschienenen Hauptwerks »Die Entdeckung der Seele«, war einer jener Beglücker der Menschheit, die es bei der Seele nicht bewenden lassen, vielmehr an den unwahrscheinlichsten Punkten zur Beglückung ansetzen. In diesem Fall bei der Entwicklung einer ›Normalkleidung‹. Deren wichtigste Eigenschaft war striktes Verbot jedes Pflanzenfaseranteils am Gewebe. Wie verschieden doch sein kann, was ›die Natur‹ dem Menschen vorschreibt! Einer von Jägers Jüngern hat überliefert, im Mittelpunkt seiner Lehren habe die Erkenntnis gestanden, in den Ausdünstungen des menschlichen Körpers sei der spezifische Stoff seiner Seele. Was er unter anderem damit bewiesen habe, daß bei wilden Tieren die Zähmung des Männchens leichter einer Frau, die eines Weibchens leichter einem Mann gelinge, wie Ochsen sich von der Magd besser handhaben ließen als vom Knecht. Folgerichtig, daß der Seelendunst sich nur mit einem ihm verträglichen Gewebe zum Wohlbefinden vereinigen mochte.

Daß der Vorkämpfer des neuen Realismus – und jeder ›Realismus‹ ist zu seiner Zeit neu – schon äußerlich nicht zur obsoleten und widernatürlich lebenden Menschheit würde gehören wollen, hatte der Kritiker Fontane erwartet, wie man daran erkennt, daß das Gegenteil ihn überrascht. Nicht ohne Menschenkenntnis, wie sich für diesen Dichter versteht: wie mancher Realismus hat seit Diogenes von Sinope vorwiegend aus Ungewaschenheit und Unmanierlichkeit bestanden. Besonders dann, wenn das betriebene Gewerbe den Verdacht hoffnungsloser Entfernung von der Realität nahelegte.

Fontane, der sich später vom »Hannele« empört abwenden sollte, nahm den Feinden des ersterfolgreichen Dichters den Wind sogleich mit dem rüden Zitat aus des Geheimen Medizinalraths Handbuch aus den Segeln. Doch sollte Fontane noch spüren, daß dieser ansehnliche junge Mann von gutem Schnitt gefährdet war. Aber erst ein halbes Jahrhundert später geriet der Dichter in die Nähe der Leute, von denen im gerichtsmedizinischen Handbuch die Rede war. Hauptmann braucht nicht dagegen verteidigt zu werden, nur die Umstände hätten ihn daran gehindert, unter die harmlosgesichtigen Mörder zu geraten. Allerdings, die Rolle des nationalen Olympiers wurde ihm nicht gegen Willen und Mitwirkung angetragen. Unversehens lebte er auf dem Gipfel seines Ruhms und in der Neige seiner Jahre in einer Sphäre, die von dem Typus beherrscht wurde, an den Fontane hatte denken müssen. Hauptmann sollte nichts dazu tun, nicht verwechselt zu werden.

Was Fontane zur Abschirmung des dramatischen Neuerers so geistvoll geschrieben hatte, legt sich als ominöser Schatten noch über einen Lebensweg, der den Realistenhauptmann zum Staatsdichter und Repräsentanten seiner Epoche gemacht hatte.

Gerade deshalb empörte seine Zeitgenossen bis zur Erbitterung das Ausbleiben des einen klaren Worts, das ihn von Untaten geschieden hätte, die in keinem Handbuch der forensischen Medizin gestanden hatten. Doch beschreibt jener lakonische Satz des Gerichtsmediziners etwas von der Verblendung, die vom Physiognomischen ausgehen kann. Sie hatte der Dichter mit seinen Landsleuten gemein, doch als einer, der das schärfere Sehvermögen seit jenem von Fontane wohlwollend aufgenommenen Auftakt beansprucht hatte. Realismus, das war es doch, hatte er sich durch eine Bühnenrevolte nicht für alles weitere erwerben können. Zu viel Theater war jener denkwürdigen Uraufführung gefolgt.

Die ›Normalkleidung‹ nach Jägers Art war mit Fontanes ›Enttäuschung‹ nicht aus der Welt. Noch der junge Martin Heidegger trug, als er in Marburg das Katheder bestieg, einen nach Vorschrift angefertigten Reformanzug. Da war Gustav Jäger erst sieben Jahre tot.

War Hauptmann einer von denen, die vorzeigten, was man – zumindest auf Bühnen – noch nicht gesehen hatte, so war ›der kleine Zauberer von Meßkirch‹ – wie er mit Spitznamen genannt wurde – einer, der *vor den Hörern verschwinden ließ, was er eben noch vorgezeigt hatte*, wie Karl Löwith in seinem Bericht »Mein Leben in Deutschland vor und nach 1933«[6] geschrieben hat. Da ist auch die inszenierte Ungewöhnlichkeit geschildert, mit der ein anderer Neuerer einen anderen ›Realismus‹ des Daseins als Sorge, der Alltäglichkeit und des Man auf den Weg zum unüberbietbaren Letzten, dem ›Sinn von Sein‹, brachte. Dies alles wäre zum Verschwinden gebracht worden wie das Seiende, wenn es jemals zu dessen Sein selbst und als solchem gekommen wäre. Aber, wie Löwith sagt, dieser kleine Zauberer ließ nur verschwinden, ohne dafür etwas hervorzuzaubern. Und, wie alle Zauberer, brauchte er Distanz, sich nicht zu genau auf die Finger sehen zu lassen: *Er forderte auch noch selbst diesen Abstand heraus durch das Ungewöhnliche seiner Kleidung: eine Art Schwarzwälder Bauernrock mit breiten Aufschlägen und einem halb militärischen Kragen und dazu Kniehosen, beides aus dunkelbraunem Tuch – eine ›je eigene‹ Kleidung, die das ›man‹ vor den Kopf stoßen sollte und die wir damals belächelten, aber noch nicht als eine eigenartige Zwischenlösung zwischen dem bürgerlichen Anzug und der Uniform der S.A. erkannten.* Diese letzte Assoziation mag dem Entstehungsdatum des Berichts, 1940 in der Emigration in Ja-

6 Karl Löwith, Mein Leben in Deutschland vor und nach 1933. Stuttgart 1986, S. 43

pan, zuzuschreiben sein. Der Rektor Heidegger im Freiburger Dienstzimmer des Rektors, wo ihn Löwith zuletzt gesehen hatte – ausgenommen eine Begegnung in Rom 1936 –, war durch den Ruf nach Berlin als Nationalphilosoph approbiert, wie Hauptmann als Nationaldichter, und eben darin dem Realismus entrückt, der ihn instandgesetzt hätte, den Gesichtern und der Fassade nicht zu trauen, die ihm alles der Jugendbewegtheit zu gleichen scheinen ließ, die auch sein Naturburschenauftritt als Zeitgeistgefälligkeit angeboten hatte. Die Verführbarkeit des Philosophen ist der des Dramatikers so unähnlich nicht: Bis an die Grenze der Gewaltsamkeit des großen Worts setzen beide sich gegen den Verdacht zur Wehr, aus Beruf oder Umgebung für bürgerliche Illusionsbereitschaft anfällig zu sein. Das Theater, von dem und an dem man ›seine Welt‹ hat und behalten wird, ins Unrecht alles bisher Geschriebenen und Gespielten zu setzen – oder die ›positiven Wissenschaften‹ des Verrats und der Vergessenheit ihres Ursprungs und ihrer Bestimmung mit dem Pathos des Bußpredigers zu bezichtigen –, diese beiden Präzeptorenattitüden lassen schwer ertragen, eines Tages nicht mehr das Recht dieses Tages zu haben.

## KINDESWOHL UND LICHTBEDÜRFNIS

Die Verächter des Fortschritts lassen sich nicht an das erinnern, was nicht zu kennen, nicht zu erleiden oder nicht zu entbehren ihnen ›lebensweltlich‹ geworden ist. Man kann keinem beschreiben, wie ein Schmerz ist, den man empfindet; erst recht nicht, wie ein Schmerz gewesen sein muß, als es gegen das Übermaß des Unerträglichen nur die schlichte Ohnmacht gab.

Beim Mangel, der ins Gegenteil des grellen Überflusses umgeschlagen ist, wird man an die Überproduktion der Äcker und Ställe denken – aber wer denkt an den Mangel des Lichts, unter dem die Menschheit den größten Teil ihrer Geschichte zugebracht hat. Nicht nur zum Nachteil: Wo wäre sie mit ihrer Phantasie ohne die langen Nächte und ihre Zeitvertreibsgeschichten? Aber wie dringend war das? Konnte man nicht mit der Sonne aufstehen und schlafengehen?

Bei der Frage nach der Dringlichkeit des Lichtbedürfnisses ist an den jungen Apotheker Theodor Fontane zu denken, der im Berlin von 1848 halbtags für die Freiheit kämpfte und im übrigen die Rezepte der Armenärzte auf Lebertran für die Kinder des Viertels zu bedienen hatte. Im Kapitel »Der achtzehnte März« seiner Erinnerungen »Von zwanzig bis dreißig« erklärt er knapp und ohne Reflexion, was es mit den Mengen an Lebertran auf sich hatte, die er in der Jungschen Apotheke an der Ecke von Neuer Königstraße und Georgenkirchstraße nach Verordnung abzufüllen hatte: *Dieser Massenkonsum erklärt sich dadurch, daß die durch Freimedizin bevorzugten armen Leute gar nicht daran dachten, diesen Lebertran ihren mehr oder weniger verskrofelten Kindern einzutrichtern, sondern ihn gut wirtschaftlich als Lampenbrennmaterial benutzten.*

Es ist noch keine sehr alte Sache, daß Kinder ›der Stolz der Eltern‹ sind. Es ist eine Erfindung dieses Jahrhunderts, das einerseits die Kinder nicht mehr als künftige Ernährer ihrer Eltern benötigt, andererseits den natürlichen Wunsch nach Kindern nur minimieren, nicht aus der Welt schaffen konnte. So sind die Kinder zur Repräsentanz ihrer Eltern geworden, erfüllen deren heimliche Lebenswünsche und beschäftigen Gemüt und Verstand mit der unlösbaren Aufgabe, sie nach der Einsichtslage der Zeit und Wissenschaft zu erziehen, sogar zu bilden. Die Kinder der Berliner Armenarztklientel, mit der Fontane es zu tun hatte, waren schon nicht mehr die künftigen Versorger ihrer Eltern wie in agrarischen Vorzeiten, aber auch noch nicht deren ›Stolz‹. Sie waren vor allem eine Last. Und das nicht einmal nur im Proletariat. Bürgerliche Memoiren lassen heute staunen, wie nichtsachtend und nachlässig Eltern mit ihren Kindern umgingen, die sie am liebsten dem Personal überließen. Der zweckentfremdete Lebertran enthält eine ernüchternde Nachricht darüber, wie es bei der Kollision von Bedürfnissen um das Kindswohl bestellt war.

Am Tage nach den Straßenkämpfen, am 19. März, warten unten in der Offizin schon wieder die Frauen mit ihren Rezepten: *Alle diese guten Hausmütter hatten auch am 19. März frühmorgens keine Ausnahme gemacht und unbekümmert darum, ob ›Vater‹ am Tage zuvor sein Gewehr abgeschossen oder seinen Ziegel geschleudert hatte, war ›Mutter‹ jetzt da, um ihre Lampe wieder gratis mit Öl zu versorgen. Freiheit konnte sein, Lebertran mußte sein. Das ganz Alltägliche bleibt immer siegreich und am meisten das Gemeine.*

Wie verläuft die Geschichte? Immer anders, ist die *jedenfalls* richtige Antwort. Ist es aber die *einzig* richtige?

Es gibt keine Erfahrung, die Menschen haben und ertragen könnten, ohne ein Maß an Regelmäßigkeit, an Erkennung von Erwartetem, an Erwartung von Gekanntem. Zwar verweigert die Geschichte ihren alten Dienst als *magistra vitae.* Sie kommt nicht auf wenige Muster zurück und kehrt schon gar nicht, wie der Straftäter an den Ort seiner Untat, zu bestimmten Daten an bestimmte Orte nach bestimmten Ritualen zurück. Dies war die Sinnforderung des Mythos. Nicht zuletzt gegen sie ist die Geschichtsschreibung überhaupt entstanden. Durch sie wurde zur ›Erfahrung‹, was man sonst schon immer gewußt hätte.

Auch wenn man die ›absolute Überraschung‹ von aller menschlichen Erfahrung als diese zerstörend ausschließt, bleibt noch ein Bestand an ›Regularität‹ der Geschichte, der sich in die unvermeidlich vage Formel fassen läßt, es komme in ihrem Zug durch die Zeit auch nicht zu den ›großen Überraschungen‹, die oft verheißen, doch nie bestätigt werden. Diese Aussage hat etwas zu tun mit der Annahme, es gebe ›Wesensmerkmale‹ geschichtlicher Ereignisse, Abläufe und Zustände, die sich mit Vorsicht beschreiben ließen, sogar mit noch größerer Vorsicht in Erwartungen umgesetzt werden könnten – und immer schon werden.

Wie läßt sich eine solche Behauptung prüfen? An aller Geschichtsschreibung. Jede Geschichte aus *der* Geschichte induziert in verschiedenem Grade – vom Nullniveau der empfundenen ›Singularität‹ bis zur bestürzenden Evidenz des Wesensmäßig-Signifikanten – das Bewußtsein einer Repräsentanz für Geschichtliches, für eine Prägnanz von Handlungen, für eine Logik von Zusammenhängen, die durchaus nicht die Pragmatik von Zweckmäßigkeiten sein muß. Also auch dann noch ›Typik‹ besitzt, wenn sie gegen die Vernunft verstößt. Im Paradox: Es gibt noch so etwas wie ›Vernunft der Unvernunft‹. Vielleicht ist gerade sie am wenigsten willkürlich und überraschend.

Damit hängt zusammen, daß die historische Kritik seit Pierre Bayle viel von dem zerstört hat, was gerade deshalb dem Wahrscheinlichkeitsstandard nicht genügte, weil es zu viel Entgegenkommen auf Erwartungen erkennen ließ, sich damit der ›Gefälligkeit‹ gegenüber dem Sinnverlangen verdächtig machte. Die Wahrheit kann eine andere sein; dennoch kann etwas von dem, was *das Wesentliche* gewesen war, in der Verformung der Tradition ausgedrückt sein.

Es war keine kritische Heldentat, die heilige Taube aus der Geschichte zu eliminieren, die 496 das Salböl zur Krönung Chlodwigs in Reims vom Himmel herabtrug. Es sollte zur Salbung aller französischen Könige reichen. Da die Kathedrale für das Alter der *Sainte Ampoule* bei weitem zu jung war, wurde sie in St. Remy als der ältesten der Kirchen von Reims aufbewahrt. Selbst im Hochgefühl des Sieges, nach dem die Jungfrau den Dauphin 1479 zur Krönung hierher gebracht hatte, mußten die Marschälle von Frankreich dem Abt von St. Remy durch Eid zusichern, die *Sancta Ampulla* nach der Krönung in Notre-Dame sofort und unversehrt zurückzubringen – so viel hing ein für allemal von der Identität des unversieglichen Chrisam ab.

Selbst die Revolution schaffte es nicht, den Quell der Legitimität verdorren zu lassen. Die wütige *Populace* zerbrach zwar 1793 die Phiole, doch war ein gläubiger Hüter einer Partikel zur Hand, der sie dem Erzbischof zur rechten Zeit wieder übergab – mit einem Rest des einstigen Inhalts, der für die Salbung Karls X. 1825 ausreichte. Und für viele Könige ausgereicht hätte, hätten die Könige ausgereicht.

Mit der Erneuerung der *Sainte Ampoule* kamen die Zweifel am Alter ihres Inhalts, an der Salbbarkeit des neuen Öls mit dem Rest des alten, schließlich an den drei Jahrzehnten gläubig-treuhänderischer Verwahrung der Scherbe und dessen, was an ihr haftete. Ludwig XVIII. wurde nicht mehr gesalbt.

Im April 1871 bereist der vormalige Feldberichterstatter Theodor Fontane die Gebiete der deutschen Okkupation in Frankreich. Photographien kann man schon oder muß man noch kaufen: *eine Mode, die man mitmacht, wiewohl sie zu den schlechtesten zählt.* Die Kathedrale der Königskrönungen enttäuscht ihn. Die Gotik zu bewundern war damals gerade ein deutsches Jahrhundert alt, nachdem sie etwa ebenso lange verachtet worden war. Fontane ist entschlossen, nur unter Widerstand zu bewundern. In Reims gelingt ihm Verzögerung.

Enttäuscht ist der Historiker, der etwas vom Hauch der Jungfrau von Domremy spüren, etwas von der Weihestätte des Königtums ›sehen‹ möchte. Alles ist bildlos, kahl, spurlos. Es paßt dazu, daß gerade ein Ungesalbter Krieg, Krone und Land verloren hat. Fontane verschweigt taktvoll, was er nicht ›sieht‹. Stattdessen erzählt er, was vier Jahrhunderte zurückliegt, bevölkert die Kathedrale mit Jeanne d'Arc und ihrem Dauphin. Wenn er auf die heilige Ampulle kommt, macht der Anekdotensinnige der märkischen Wanderungen eine Anmerkung, die alles erklärt, was die Zeitalter trennt.

Auch andere Spuren vermißt Fontane in Reims: solche der Familie Cliquot, deren Gefäße Unheiliges enthielten. Schließlich findet er den Namen auf der Inschrift des Denkmals, das die Bürger von Reims 1765 Ludwig XV. errichtet und 1818 erneuert hatten. Ein Nachfahre jener Denkmalstifter, *ein wohlbeleibter Bourgeois*, tritt auf Fontane zu und nennt ihm den Namen des Königs, wird zur Bestätigung auf die Zeile der Inschrift verwiesen, die diesen als *Le meilleur des Rois* feiert. Darauf gab der Reimser nichts: »Ah bah!«, habe er erwidert und *eine ganze Welt von Verachtung* in die beiden Silben gelegt. Und da ist sofort der schreckliche Verdacht gegen die Geschichte, daß sie sich wiederholt: als Wechsel von Begeisterung und Verachtung.

Wer bürge dafür, denkt sich Fontane, daß dieser Bürger nicht ›Ehrenpforten‹ baute, wenn ein nächster Henri in Reims gesalbt würde? Die heilige Ampulle, denkt sich der Leser ein Jahrhundert später, wäre aus irgendeinem Gewahrsam wieder zur Hand.

## SCHEU VOR DER POINTE

Auf seiner Reise über die Schlachtfelder des gerade beendeten deutsch-französischen Krieges muß Theodor Fontane in Amiens mehrtägige Bettruhe zur Ausheilung einer Halsentzündung einlegen. Auch für den Leser des Reiseberichts muß die Pause fühlbar werden. Fontane wiederholt ihm nicht nur, was er schon in seinem Kriegsbericht über die beiden Schlachten bei Amiens im November und Dezember 1870 berichtet hatte; er macht mit ihm auch eine der schönsten Digressionen in die nicht mehr zeitgeschichtliche Geschichte.

Auf dem höchsten Punkt der Schlachtlandschaft lag die Ruine jenes Schlosses Heinrichs IV., in dem *er* die liebste seiner Geliebten, Gabrielle d'Estrées, wohnen ließ, bis *sie* die Schlösser an der Loire bevorzugte. Dort ereignete sich dann, was der Erzähler vieler zeitgenössischer Anekdoten, Tallemant des Réaux in seinen »Historiettes«, dem Vergnügen und der Nachdenklichkeit der Jahrhunderte überliefert hat.

Trotz der Bevorzugung durch den König war die schöne Gabrielle mit dem ihr gebotenen Anteil an dessen Manneskraft nicht zufrieden. Eifersüchtige Höflinge konnten denn auch den herrscherlichen Liebhaber dezent darauf aufmerksam machen, daß er betrogen würde. Was zu glauben er nicht eher bereit war, als bis er es mit eigenen Augen gesehen hätte.

So kam es, daß er sich eines Nachts mit einem seiner Getreuen namens Bellegarde auf dem Korridor zum Schlafgemach der Favoritin befand. Eben war man im Begriff, überraschend die Tür zu öffnen, als Roi Henri Bellegarde Einhalt und Umkehr gebot: *Non, je ne veux pas entrer, cela la fâcherait trop*. Der taktvolle Kavalier hatte sich gegen den eifersüchtigen Liebhaber behauptet: Verdruß durfte man der Schönen auch dann nicht bereiten, wenn sie gerade untreu sein sollte.

Fontane darf Bewunderung für den König erkennen lassen, auch wenn eine andere Zeit andere Maßstäbe gesetzt habe. Der Historiker in ihm, dem das Fremde nicht fremd bleiben sollte, kann dennoch in einem Punkt Verwunderung nicht unterdrücken: darüber, daß der Vater der Geliebten des Königs, seinerseits einer von dessen tapfersten Offizieren, Großmeister der Artillerie, an der zweifelhaften Stellung seiner Tochter ernstlichen Anstoß nahm und beim König erreichte, sich zumindest im Dekor beruhigen zu lassen. Heinrich verheiratete seine Mätresse mit einem verwitweten Adligen von hohem Ansehen, der in die neue Verbindung vierzehn Kinder aus früheren mitbrachte. Unverkennbar sucht Fontane nach einer Pointe für die so vielfache Stiefmutterschaft, mit der des Königs Gattenwahl sie bedachte: *Es ist schwer zu sagen, warum er gerade diese Wahl traf; imponierten ihm die 14, oder beruhigten sie ihn?*

Die Schwierigkeit des Historikers wäre wohl bei der Frage am größten, ob die Versetzung aus dem vom Vater mißbilligten Status der Unordnung in den großfamiliärer Gesittung als Ausdruck von Güte oder von Bosheit, als Belohnung oder als Bestrafung empfunden werden konnte. Nachdem Fontane aber betont hatte, daß der König sogar seine bevorzugte Geliebte wegen anderer vernachlässigte und diese dadurch zu ihren Fehltritten trieb, wird der moderne Leser bei der Versorgung mit einem durch Fruchtbarkeit bewährten Witwer den Gedanken des Königs nicht verfehlen, daß dieser eben darin die Gewähr für eine künftig geordnete Lebensführung seiner Favoritin sah.

Wie man weiß, hielt Heinrich IV. an seiner Vorliebe im Wortsinne fest. Nicht nur, daß er sie zur Herzogin von Beaufort erhob, er leitete ihretwegen seine Scheidung ein, als sie ihrerseits Witwe geworden war, brachte sie aber nicht an das Ziel ihrer Legitimität, weil sie, ganz im Stile der Zeit, einem Mordanschlag mittels einer vergifteten

Orange zum Opfer fiel. Dies als Pointe ist für Fontane doch noch interessanter als die Frage nach dem Motiv des Königs, sie zur Stiefmutter von vierzehn Kindern zu machen.

Er setzt die ›vergifteten Orangen‹ in die Anführungszeichen seiner Einschätzung dessen, was die Geschichte an gefälligen Stoffen bereithält, und fügt hinzu, es seien genau die Requisiten, *ohne die der kleinere Romanschriftsteller nicht bestehen kann.* Dazu paßt, daß ihm ein echter alter picardischer Graf zur angeblich hochadligen Abstammung der Gabrielle anvertraut, sie sei *eine ganz allgemeine Gabriele aus dem Flecken d'Estrées* gewesen. Wozu Fontane bemerkt, daß er dies bezweifle. Er hatte wiederum ein Motiv entdeckt, etwas nicht gelten zu lassen.

## EIN UNTERSCHEIDUNGSMERKMAL

Was ist ein Philister? Was auch immer, jedenfalls einer aus der langen Reihe von Bezeichnungen dessen, was nicht sein will, wer den Ausdruck gebraucht. Er ist der Nachfahre des Spießers und der Vorläufer des Spätbürgers.

Aber woran erkennt man ihn? Besser noch: Wie versichert man sich, es nicht zu sein? Seit Simon Petrus ist die sicherste Methode, jeden Anschein zu vermeiden, dazu zu gehören, es dreimal abzuleugnen. Aber genügt das, sich selbst von der Unzugehörigkeit zu überzeugen?

Alles, was dabei geschieht, ist Rhetorik – auch innere Rhetorik der Selbstüberredung. Am Ende nimmt man es sich ab, es niemals gewesen zu sein, weil: es gar nicht sein zu können.

Philister ist, wer sich nicht so verhält, wie er Lust hat –

unterstellt, daß er Lust hätte, sich anders zu verhalten. Der Philister akzeptiert einen Rahmen von Gewohnheit, Gepflogenheit, Sitte und Recht, innerhalb dessen sich die Ausübung von Freiheit bewegt. Er ist das personifizierte Man. Dann ist der Gegentyp zum Philister der Rechtsbrecher; was auch immer ihm nachgesagt werden kann, philiströs ist er nicht. Ob ihn das tröstet, wenn er erwischt worden ist? Nicht wenige mögen in die Anfangsgründe der Kriminalität einsteigen, um dem Odium zu entgehen, nichts als Bürger zu sein. Das Weitere findet sich dann.

Muß man gleich so ins Extrem gehen? Natürlich nicht. Es genügt, jenen Rahmenrespekt auf die paradigmatische Formel zu bringen, Philister sei einer, der so schläft, daß es nicht auffällt. Die Zeitbegrenzung des Schlafes ist ein sensitives Kriterium für die Mimikry, die aus aller Wahrnehmbarkeit verschwinden läßt, daß der Mensch ein Wesen von beschränkter Gegenwärtigkeit ist. Zu den dringendsten Notwendigkeiten seiner Urgeschichte gehört, sich im Schlaf nicht überraschen zu lassen; umgekehrt ausgedrückt, nur als Wachender und Wachsamer überhaupt für andere präsent, sichtbar und auffällig zu sein. Das wirkt nach bis in die Existenz des Philisters: Er schläft so, daß er dadurch keine Schwäche verrät, weder vermißt wird noch als Ärgernis öffentlich herumliegt. Wer öffentlich schläft, ist über allen Verdacht des Philistrismus erhaben; ihn verehren kultisch alle, die es ganz so weit nicht gebracht haben.

Der vormalige Frontberichterstatter und nachmalige Historiker des deutsch-französischen Krieges von 1870/71, Theodor Fontane, hat zwischen seinen beiden Aufträgen die Landschaft des eben beendeten Krieges bereist, um sich über die Schauplätze der Entscheidungen ins Bild zu setzen und den Zustand der Okkupation durch die Truppen des gerade aus dem Siegesverbund heraus gegründeten Reiches seinen Lesern vorzuführen. Höhepunkt ist die Szenerie des Endes bei Sedan: das Gelände der Schlacht wie die Punkte der Begegnungen zwischen dem dritten Napoleon und seinen Bezwingern bis zum Lokal der Kapitulation.

Man versteht, wie so viel frische Historie auch den geübten Meister der Prägnanz ermüden mußte. Er kehrt in sein Standquartier zurück und tut, was dem von ihm niemals ganz absorbierten Preußentum nicht leicht wird: Er legt sich am hellichten Tage schlafen. Man sollte das, zumal auf Reisen, viel häufiger tun, stellt er hinterher fest: *Warum unterbleibt es? Weil die wenigsten unter uns mit dem Philistrismus vollständig gebrochen haben und immer neunhundertneunundneunzig unter tausend wie eine ewige Kükeneierschale die Vorstellung mit sich herum tragen, daß man um zehn oder elf zu Bette gehen und um sechs oder sieben aufstehen müsse. Wenige haben den Mut zu essen, wenn sie hungern, noch wenigere den Mut zu schlafen, wenn sie müde sind. Alle haben wir eine Neigung, uns zu Sklaven der Stunde und der Überlieferung zu machen.*

Auch so also sehen Selbstbefreiungen aus. Es bedurfte der Aura von Sedan, um es mit solcher Emphase zu proklamieren.

## HIMMEL UND ERDE – WIE DIE AUFKLÄRUNG DAS STRASSBURGER MÜNSTER ERREICHTE

Die Aufklärung hatte wenig Zweifel am ersten Satz der Bibel, dafür um so mehr an allen weiteren. Für die Schöpfung gab es den ›Ersatz‹ einer Kosmogonie nicht, sofern man beachtet, daß der Geniestreich des dreißigjährigen Kant, die »Allgemeine Naturgeschichte und Theorie des Himmels oder Versuch von der Verfassung und dem mechanischen Ursprunge des ganzen Weltgebäudes, nach Newtonischen Grundsätzen abgehandelt« zwar 1755 bei Johann Friederich Petersen in Königsberg und Leipzig erschienen war, doch selbiger Verleger im selbigen Jahr fallierte und offenbar nicht einmal ein Exemplar bis Leipzig gelangte. Es war, als hätte das Werk im Jahr des großen Erdbebens am Schicksal der Vernunft teilgenommen, sich als der Revision bedürftig zu erweisen, insofern sie sich als ›Weltprinzip‹ bewähren sollte. Zwar dauerte es noch fast drei Jahrzehnte, bis die Kritikfälligkeit der Vernunft durch diese selber eingelöst und durch eben jenen gescheiterten Kosmogoniker von 1755 ausgeführt wurde – aber Kant zögerte, seinerseits das ominöse Buchschicksal von 1755 zu korrigieren.

Nicht nur die ›Schöpfung‹ als einigermaßen abstrakte Antwort auf die Frage nach dem Weltursprung blieb intakt, sondern auch der dem biblischen Anfang eigentümliche, vom jungen Kant vermiedene Dualismus von Himmel und Erde bestätigte sich in Grunderfahrungen der Aufklärung: *Im Anfang schuf Gott den Himmel und die Erde. Die Erde aber war Irrsal und Wirrsal.* Der Himmel war auch biblisch von anderer Qualität als die Erde, und das erwies sich an dem Umgang der Wissenschaft mit beiden wie an dessen Folgen für das menschliche ›Gemüth‹, das man uns seither ›Bewußtsein‹ zu nennen gelehrt hat. Es gelang dem Jahrhundert der Vernunft nach Newton und Franklin, die Zeichen am Himmel ihrer ›Bedeutung‹ zu entkleiden und als nackte Folgen von Mechanik sehen zu lassen, allem voran die Kometen; wie es auch gelang, den Blitz zu entmachten und seine Natur virtuell als eine dem Menschen dienstfähige zu erweisen. Nur die Erde behielt, wie sich an Lissabon zeigte, ihre unzuverlässige Übermacht, ihre tödliche Willkür, als schlügen ›Irrsal und Wirrsal‹ vom Uranfang immer wieder durch alle Ordnungsbemühungen des Sechstagewerks durch.

Noch im folgenden Jahrhundert wird Alexander von Humboldt mit seinen Erdbebenberichten diesem Sachverhalt literarisch nie überbotenen Ausdruck geben. Die Erde wird sich unbewältigt bis ins dritte Jahrtausend unter der Last des Menschen und seiner Werke schütteln, auch wenn kleine Fortschritte in der Prognose erreicht sind und noch werden – sie scheinen sogar hinter der Wetterprognosensolidität weit zurückzubleiben. Der biblische Dual von ›Himmel und Erde‹ ist von der ›Schöpfung‹ geblieben, wenn sonst nichts.

Das Straßburger Münster wurde erst im Jahr nach Goethes Tod vom Zähmungserfolg der Aufklärung erreicht: 1833 erhielt der Turm einen Blitzableiter. Dabei hatte das Gotteshaus keinen Schutzpakt mit seinem Hausherrn gehabt – oder dieser hatte ihn nicht eingehalten. Denn wie Theodor Fontane im Straßburg-Kapitel seines Reiseberichts durch das reichsokkupierte Frankreich registriert, war das Münster zahllose Male vom Blitz getroffen, Blei und Kupfer am Turm wiederholt eingeschmolzen worden. Sechsmal in einem einzigen Monat hatte der Himmel 1562 zugeschlagen. Die ablenkende List der Vernunft war allerdings noch in Jahrhundertferne, als 1728 ein Erdbeben das Gebäude erschütterte, dessen Schäden jedoch nicht zu vergleichen waren mit denen des metaphorischen Erdbebens, das 1793 die Kathedrale traf und 235 Statuen von Heiligen und Fürsten in Trümmer legte: der Bildersturm der Vernunft, die ihren Egalitätsanspruch soweit trieb, die Abtragung des Turms zu fordern, der sich allzu sehr über anderes zu erheben schien. Man blieb dann bei symbolischer Erniedrigung, indem eine *kolossale rote Blechmütze* über die Spitze gestülpt und damit vom Ganzen jakobinischer Besitz ergriffen wurde. Goethe hätte nicht mehr um sein Bauerlebnis betrogen werden können.

Die Metaphorik von Beben und Sturm ist geblieben, die des Blitzes ist in die Mythologie zurückgefallen. Dieselbe Vernunft, die sich der einen Metapher für die alten ›Erleuchtungen‹ (*fulgurations*) beraubt hatte, zog die verbliebenen Unheilsbilder der Natur auf sich, indem sie sich in ihrem ersten weltgeschichtlichen Triumph als identisch mit der Unvernunft erwies, als hätte die Verstrickung der Vernunft mit sich selber in Kants »transzendentaler Dialektik« ohne die daraus gefolgerte »Kritik« der Vernunft an sich selber die Regieanweisung gegeben. Fontane sieht die Weltordnung wiederhergestellt durch eine andere ›Anwendung‹ des Prinzips der *égalité* durch Verkürzung: Der Autor der Forderung nach Abtragung des Münsterturms wegen Gleichheitsverstoßes sei ein apostatischer Franziskanermönch und Professor der griechischen Literatur gewesen, der als Mitglied des Jakobinerklubs und öffentlicher Ankläger vor dem Revolutionstribunal in Straßburg die Vernunft gegen seinen alten Gott angeführt hatte. Doch sei, was er 1793 noch exekutieren und postulieren konnte, schon 1794 an ihm vollzogen worden: Er wurde auf das Maß der Gleichheit reduziert, als man ihn um seinen überragenden Kopf kürzer machte.

Fast eine Ballade. Aber zu dieser Zeit hatte der Frontberichterstatter und Schlachtenhistoriker Fontane schon das Genre gewechselt und die epischen Etüden für die große Zeit seiner Romane begonnen. Noch war ihm die Chronologie wichtig: Zwischen dem Einzug der Vernunft in Straßburg und der Einrichtung des ersten Blitzableiters am Münsterturm vergingen noch vier Jahrzehnte. So langsam ist die Vernunft, wenn es wirklich sie ist.

## ›RHETORIK‹

Oft macht es sich gar nicht bemerkbar, wenn ein Begriff in eine seiner Geschichten verstrickt ist. Erst wenn diese Geschichte ihr seliges oder unseliges Ende gefunden hat, geht sie mit ihrem Resultat in ›die‹ Begriffsgeschichte ein.

Mitten im Verfall der Kunst öffentlicher Rede, den zu beobachten das Fernsehen erlaubt bzw. erzwingt, nimmt der Begriff der ›Rhetorik‹ einen Aufschwung über alle geisteswissenschaftlichen Disziplinen hinweg, von denen der Künste und Literaturen bis zur Philosophie. Es sieht aus, als werde eine neue Tugend entdeckt, zumindest ein Tugendersatz. Allerdings ist Belebung von Rhetorik seit der Antike ein Merkmal bestimmter Resignationen: Es gibt keine

Wahrheit, die für sich selbst stehen könnte, nicht hilfsbedürftig wäre, im Grenzfall sprachlos. Glaubt man dann wieder, *die* Wahrheit oder wenigstens *eine* haben zu können, wird ›Rhetorik‹ rasch zum Verdikt, Rücksichtslosigkeit gegen die Sprache zum Kennmal der Rechtfertigung.

Ästhetisch gilt das für Zeiten des ›Realismus‹, für alle Arten von Naturalismen: es sich leisten können, auf Rhetorik zu verzichten. Hält man es mit der Natur oder auf Natur, hat nicht einmal die Kunst künstlich zu sein. Selbst einen Schauspieler beschimpft man dann, indem man ihn der Rhetorik bezichtigt.

Der Theaterkritiker Theodor Fontane hat in Entwürfen zum letzten, nie vollendeten Teil seiner Erinnerungen – aus dem Nachlaß zuerst 1924 von der »Neuen Rundschau« S. Fischers zutage gebracht – zwei der von ihm aus dem Parkettstuhl Nr. 23 des Königlichen Schauspielhauses in Berlin in fast 20 Jahren begleiteten Darsteller, Theodor Döring und Richard Kahle, einen berufsboshaften Dialog führen lassen: »Lieber Kahle, Sie sind kein Schauspieler, Sie sind ein Rhetor.« – »Aber, Herr Döring, ich habe doch …« – »Ja, Sie haben Ihre Erfolge. Zugegeben. Es war ja wieder frenetischer Beifall. Aber das Herz haben Sie nicht getroffen, nur das Ohr. Sie sind ein Rhetor.« – »Aber, Herr Döring …« – »Machen Sie selber den Versuch. Sie haben keinen überzeugenden Naturton. Sie sind ein Rhetor. Gehen Sie, wenn wir fertig sind, 'rüber zu Lutter und Wegener und bestellen Sie sich eine halbe Flasche Rotwein. Ich versichere Ihnen, Sie können lange warten, – der Küfer bringt Ihnen keine …« – »Aber Herr Döring … Wenn ich mir Rotwein bestelle … Warum soll er ihn mir nicht bringen?« – »*Weil er's Ihnen nicht glaubt.*«

Auch und gerade wenn Fontane nachdichtend dem Garderobengefecht der beiden Bühnenhelden aufgeholfen hätte, wäre die Einbettung des Vorwurfs der Rhetorik in einen ›Zeitgeist‹, der zu Naturalismus und Realismus unterwegs war, deutlich genug. Nur ein Jahrzehnt war man, als Döring 1878 starb, von den signifikanten Bühnenereignissen entfernt, die Fontane noch als Rezensent erlebte. Sichtbar ist schon, daß es nicht um Wahrheit oder Lüge, Sein oder Schein gehen kann, wenn der Konflikt auf und hinter dem Theater stattfindet. Noch kann der Ältere dem um 40 Jahre Jüngeren den Rhetorikvorwurf machen; alsbald werden die Jungen im Duktus der Alten das Rhetorische finden und verabscheuen.

Die Konstante des Begriffs steckt in der Differenz, die er markiert, im Kontrast der Wirklichkeitsgeltung, die sich allemal durch den ›Naturton‹ ausgewiesen glaubt. Der Beifall des Publikum ist eher verdächtig, auf der Seite der ›Rhetorik‹ zu sein, deren traditioneller Verruf doch damit begründet war, nichts als diesen Beifall zu suchen und in ihm den Scheineffekt eines Konsenses, hinter dem die Gewährleistung der Natur angenommen werden sollte.[7]

7 Es gibt eine Variante der Kahle-Döring-Anekdote im Brief Fontanes an Karl Emil Otto Fritsch, 26. März 1894; *Der Schauspieler Grube hat mir vor einigen Monaten eine Döringgeschichte erzählt.*

## WIE MAN SICH VON DER CANAILLE UNTERSCHEIDET

Es gibt eine Indifferenz der Motive, die der Intensität, mit der sie sich in Verhaltungen umsetzen, nicht den geringsten Eintrag tut.

Das gilt zumal von Überzeugungen. So können Leute aus denselben Gründen, aus denen sie gestern noch Atheisten waren, heute dem kompliziertesten Gottesritual anhängen.

Fontane hatte das auf die Jahrhunderte übertragen. Er sieht Leute *aus demselben Motive glauben, aus dem sie vor 100 Jahren nicht glaubten – um sich von der Canaille zu unterscheiden.*

Der Journalist Fontane würde das heute nicht mehr zu schreiben wagen. Aber das Spiel mit der Apartheit und Extravaganz von Gesinnungen, die durch ihre gestrige Verrufenheit und Ausgespieltheit den Reiz längerer Latenz gewinnen konnten, geht weiter: Man unterscheidet sich jetzt von denen, die den Sinn des Lebens nicht finden konnten, indem man ihn hat.

Es gibt Arten von intellektueller Angeberei, die den Habitus der Aufrichtigkeit mit sich führen: Man hat Opfer gebracht, sich für die Sache geschlagen und schlagen lassen. Sie muß es verdient haben.

# PROFESSIONELLE DESTILLATION

Seiner Befriedigung über die »Wanderungen durch die Mark Brandenburg« – dieses ebenso früh erfolgreiche wie spät angemessen eingeschätzte ›Lebenswerk‹ – hat Fontane mit einer nur vordergründig arroganten Metapher Ausdruck gegeben. In einem Brief an Karl Zöllner (Tunnelname »Chevalier«) vom 15. Juli 1866 schreibt er über das Erwanderte: *Es ist eben mein Verdienst, die wirkliche Essenz dieser Dinge abdestillirt zu haben.* Kürzer kann man es nicht sagen, meint man angesichts der räumlichen wie zeitlichen Unerreichlichkeit der Region. Aber durfte schon damals so hoch gegriffen werden?

Fontane wird es in der entgegengesetzten Richtung empfunden haben. Er gebrauchte die Redeweise des gelernten Apothekers, der er war, den er freilich in offiziellen Lebensläufen lange verleugnete. Peinlich war ihm jene ›Lehre‹ als Vorschule einer ihm oft angelasteten Pedanterie und Vorliebe für die *minutiae*, gar *minutula.* Gegenüber Zöllner, dem Jugendfreund, kann er sicher sein, die Metapher nicht zurückhalten zu müssen: Der sah ihn am Werk, verstand den Handwerksstolz, die professionelle Spezifität der Verrichtung, die nichts vom Gestus einer ›Wesensschau‹ hatte.

Die ›wirkliche Essenz‹ ist ein Arbeitsertrag, und daraus folgt, daß er ›Verdienst‹ (im Doppelsinn) abwirft.

## SINGULARITÄT: DAS MÖGLICHE, WENN NICHT ALLES MÖGLICH SEIN DARF

Die Allmacht ihres Gottes belebt nur die, die sich durch ihn begünstigt glauben. Es ist für sie Ausschluß jeder anderen Instanz, jeder Möglichkeit der Durchkreuzung gegebener Heilszusagen. Insofern also immer sekundär zu den Zuverlässigkeitsqualitäten dieser Gottheit: Nur wenn sie treu ist, strahlt ihre Macht Beruhigung aus. Und treu ist sie den ihr Treuen.

In jeder anderen Komplexion ist Omnipotenz ein zerstörerisches Element der Theologie. Wo alles möglich ist, verliert die Personalität des Gottes ihren Sinn, wird zum Widersinn selbst – und der soll er doch nur für die (zum Schein) sein und bleiben, die ihm nicht treu sein wollen.

Es muß nicht alles gleichermaßen möglich sein, wenn Aussagen über Gott für den Menschen mehr und anderes bedeuten sollen als die Aufforderung zur Unterwerfung unter eine verblüffende Majestät. Diese Unterwerfung aber ist äquivalent der Nichtunterwerfung. Wenn man es mit einer Unperson zu tun hat, sind alle Verhaltensweisen ›gleich gültig‹. Also hängt die Existenz der Theologie und ihre religiöse Funktion ganz davon ab, daß das Attribut der Allmacht nicht bedeutet, es sei alles möglich. Das ist für das Verkündigungswort an Maria von entscheidender Bedeutung, bei Gott sei kein Ding unmöglich – sofern es seine Zusage glaubhaft macht, die auch hier eine Gunsterweisung und im theologischen Verständnis die größte aller denkbaren ist.

Nun wären solche Bemühungen um die ›Rettung der Theologie‹ von begrenztem Interesse, wenn sie nicht eine von diesem Zusammenhang unabhängige Geltung hätten. Auch ein Mensch, bei dem und für den und von dem her alles möglich ist, kann uns ›gleich gültig‹ sein, selbst wenn unter dem Möglichen die absolute Bedrohung unserer Selbsterhaltung wäre. Der Allesfresser, etwa der sexuell Omnipotente, interessiert mit dem Moment dieser Feststellung hinsichtlich seines Appetits nicht mehr. Die Versicherung des *Nihil obstat* durch den Autor macht seinen Helden als Person tot: Er figuriert wie ein Wasserfall in der Landschaft.

In einem Brief an Alexander Gentz vom 23. November 1873 erklärt es Fontane als ein *wahres Glück*, daß der ihm angekündigte Besuch einer Frau von B.(?) ausgeblieben sei. Einer Dame von nymphomanischer Allmacht offenbar. *Ich kann wirklich auf dem Thurmseil der Persönlichkeiten-Schilderung die gewagtesten Salto mortales ausführen und habe mitunter – darin sind Freund und Feind einig – das Unmögliche möglich gemacht, aber an der Schilderung s o l c h e n Lebenslaufes scheitert die Kunst auch des Geschicktesten.*

Er wolle nicht moralisieren, im Gegenteil vertrete ein solches Individuum innerhalb seiner Gattung *eine Art Unschuld*. Aber von solchen Damen könne man schließlich sagen, was man wolle, und gerade darin stecke *die nicht zu überwindende Schwierigkeit*. Das ist rein produktionsästhetisch gedacht; der arme potentielle Leser bleibt unbeachtet. Es darf nicht alles möglich sein – und das Unmögliche zu machen, muß die ›Singularität‹ ausmachen, die inmitten des Möglichen zur artistischen Brillanz aufragt.

Bevor Theodor Fontane seinen ersten Roman schrieb, war er mit den »Wanderungen durch die Mark Brandenburg« erfolgreicher als mit den frühen Balladen gewesen. Aber das Wahrheitsproblem machte ihm zu schaffen. Die Familien des brandenburgischen Adels, deren Geschichten und Anekdoten die »Wanderungen« zum guten Teil ausmachen und würzen, hatten oft mit Empörung und Unwillen reagiert. Eine Frau von Witzleben aus Potsdam beschwerte sich bitter darüber, wie er ihren verstorbenen Bruder behandelt habe. Fontane schildert das der im Kloster Dobbertin lebenden Freundin Mathilde von Rohr. Am 26. März 1874 schließt er die knappe Bemerkung über diesen Vorfall mit dem Satz über jenen Herrn von Meusebach: *Er war schließlich absolut verrückt; ich nenne ihn einen »Mann von Genie und Excentricität«; das ist nun der Dank dafür.*

Die Schwester Elise Fontane soll Informationen für die Neufassung des ersten Bandes liefern und hat etwas über einen in der Umgebung von Ruppin getöteten napoleonischen Soldaten ausfindig gemacht. Für etwas, was an seinem Geburtsort passierte, ist es ihm etwas dürftig, klagt der Bruder am 12. Oktober 1873, mit diesem *stillen, ruhigen Leichnam*. Ob sich das nicht noch ein wenig anreichern ließe: *Wahr braucht es ja nicht zu sein, der ›Volksmund‹ hat das Vorrecht zu lügen so viel er will, es heißt dann »Sage« und wird von den Gelehrten oder Käuzen meines Schlages mit höchstem Respekt behandelt.* Sie solle in dem Dorf Dreetz ein paar Leute zusammentrommeln, einen Schäferknecht, eine weise Frau, auch einen wahrsagenden Imbecile – da werde doch wohl wenigstens einer so viel Erfindungskraft haben, um herauszukriegen, wie jener Franzose zu Tode gekommen.

Er selbst muß sich diesen Schritt zur ›Erfindungskraft‹ versagen. Es würde das Volk bleiben, das, mit einiger Nachhilfe, die Sage gesagt hätte. Er könne und dürfe nichts erfinden, *einmal weil es gegen das ›historische Gewissen‹ ist, dann weil es in meinem Gemüthe feststeht, daß der biedre Dreetzer von 1806 den Franzosen so todt schlug wie man einen Pfahl in die Erde schlägt, oder mit noch viel weniger Grund.*

Da spricht sich eine gewisse Erbitterung des Poeten über die Tatsachen aus. Sie sind nicht nur nackt und brutal; sie sind dazu noch einsilbig, nüchtern und langweilig. Das beschworene historische Gewissen ist verurteilt, sein Publikum zu langweilen. Das liegt auch und zuletzt an der Biederkeit der Akteure, die den wahrscheinlich krank zurückgebliebenen Franzosen in schlichter patriotischer Verblendungspflicht so umbrachten, wie es Fontane mit einem gewaltigen Bild für Stumpfheit und Schrecken vergegenwärtigt: mit dem des in die Erde geschlagenen Pfahls. Das ist nicht dahingesagt mit der Verachtung des Intellektuellen aus der Berliner Distanz. Mit einem letzten Satz bekräftigt der dorther Gekommene die schauerliche Vermutung, wie jener verlorene Nachzügler der *Grande Armée* – etwa wegen durchgelaufener Füße oder geschwollener Backe – die bis dahin unterdrückte Aktionslust der Vaterländler provozierte: *da rafften sich Muth und Vaterlandsliebe auf und baff, da lag er! Ich kenne meine Dreetzer; einer ist wie der andre.*

Er kennt sie. Es ist schlimm für die, bei denen er geboren ist, daß er sie so gut kennt – man denke an Fontanes größten Nachfolger und seine Lübecker! Aber so eben kann es nicht erzählt werden, wie es gewesen sein muß, wenn man sie kennt. Nur, wie anders es erzählt werden kann, dafür müssen sie in diesem Falle schon selbst aufkommen. Noch ist der Romancier zu sehr Historiker, um es ihnen abnehmen zu können. Also muß die Phantasie am Rande stimuliert werden, die des Schäferknechts, der weisen Frau, des wahrsagenden Schwachkopfs. Es sind die, die ihre Dreetzer nicht so scharf zu sehen brauchen.

Letzten Endes wäre der Zweck des Briefes auch erfüllt, wenn die Schwester selbst ein wenig erfände. Fast scheint er sie dazu animieren zu wollen. Denn sie brauchte weder das ›historische Gewissen‹ zu teilen noch den skeptischen Realismus dessen, der zu wenig vergessen hat.

## IN VENEDIG: GOETHE UND FONTANE

Immer wieder möchte man den Italien bereisenden Goethe zudringlicher befragen, was ihn am Schaubaren – über das in Johann Jakob Volkmanns »Historisch-kritische Nachrichten von Italien« vorgegebene Pensum hinaus – gefesselt hat: bleibend und sich sedimentierend in ihn eingedrungen ist. Denn, natürlich: Er wollte gesehen haben. Aber, was hatte er erlebt? In dieser Frage liegt kein Zweifel an der Ursprünglichkeit seiner Optik; doch zwingt die Streuung seiner rezeptiven Energie dazu, nach ihren Verdichtungen zu suchen.

In Venedig, das mag auf den ersten Blick überraschen, ist es das Meer, dessen zuvor ungekannter, lebenserstmaliger Anblick ihn trifft. Als dem Meer ständig abgerungen, bleiben ihm Leben und Bestand der *Biberrepublik* in Erinnerung. Noch von Rom her blickt er nach Venedig zurück als *auf jenes große Dasein, dem Schoße des Meeres wie Pallas aus dem Haupte Jupiters entsprossen ...*[8] Die Dauerhaftigkeit dieser Existenz gegen das Meer veranschlagt er ausdrücklich auf Jahrtausende der Unbesorgtheit. Es ist nichts geringeres als eines seiner › Urerlebnisse‹, die die Affinität zum Neptunismus und die Feindseligkeit gegen den Vulkanismus fest in ihm begründen: den Begriff von vertrauenswürdiger Heranbildung eines tragenden Bodens. Bevor sich in Rom entscheiden wird, wer Faustens Begnadigung am Ende vertreten und bewirken kann, hat sich in Venedig entschieden, was den höchsten Augenblick darstellen könnte: die Verwirkung der Bedingung des Teufelspaktes in eins mit einer die Verneinung zur Erweiterung der Realität wendenden Tat. Sie muß in sich als elementares Verhältnis der Menschheit den Kampf mit der Natur um die Existenz ganz enthalten.

Monate später, auf der Weiterreise von Rom nach Neapel, bekommen die venezianischen Eindrücke ihr Komplement bei Durchfahrung der Pontinischen Sümpfe. Da hat die Natur gegen das Meer hin den Einfall abgeriegelt, gegen das Gebirge hin durch das Gefälle den Sumpf geschaffen, auf dessen durch den Papst angeordnete Trockenlegung Goethe vertraut. Das wird sich in des blinden Faust Befehlen wiederfinden.[9]

8 9. November 1786; Gedenkausgabe der Werke, Briefe und Gespräche Goethes, ed. Beutler, Band XI, S. 146

9 23. Februar 1787; a.a.O. S. 197

Die Nachwirkung Venedigs hebt sich gerade dadurch heraus, daß das Programm des Aufenthalts in der Stadt erstaunlich klein gewesen war, der Eindruck vom Ganzen eher matt und unbestimmt. Das Orientalische hatte auf Goethe, der ganz der erwartenden Wiederkehr der Antike zugewendet war, keinen Eindruck gemacht. Um so erstaunlicher das Maß an Aufmerksamkeit, das er den Abschirmungen der Republik gegen das Element ihres Lebens wie ihrer Bedrohung zugewendet hatte. Er war auf den Lido gefahren, hatte dort das Meer zuerst gehört und gleich darauf erblickt: *So habe ich denn auch das Meer mit Augen gesehen und bin auf der schönen Tenne, die es weichend zurückläßt, ihm nachgegangen.*[10]

Noch den folgenden Tag hatte Goethe in Venedig auf die Grenzbollwerke der Selbsterhaltung bei Chioggia verwendet, in denen Staatsmacht und Naturgewalt einander gegenüberstehen: die Republik gegen das Meer. *Sie sind von gehauenen Steinen und sollen eigentlich die lange Erdzunge, Lido genannt, welche die Lagunen von dem Meere trennt, vor diesem wilden Elemente schützen.*[11] Im Anblick der Murazzi feiert sich das neptunische Prinzip, indem es den Menschen erlaubt, was das vulkanische verweigert: ihre Schanzwerke gegen die zerstörerische Brandung auf festen Grund zu setzen. *Was Menschenwitz und Fleiß vor alters ersonnen und ausgeführt, muß Klugheit und Fleiß nun erhalten.* Hier droht das Chaos in unmittelbarer Nähe der ritualisierten Ordnungen, lauert am Fuße der Festung, um mit jeder Flut die zureichende Höhe und Konstruktion der Abwehr auf die Probe zu stellen. Auf einmal bemerkt man, wie wenig

10 A.a.O. S. 96  11 A.a.O. S. 98

selbstverständlich es sein konnte und sein wird, daß dieser Goethe einen Schluß des »Faust« schreiben kann, der dem blinden und getäuschten Menschheitstäter nichts anderes als die Abgewinnung des Lands vom Meer zur Steigerung seines höchsten Augenblicks erwählen sollte.

Was Goethe auf dem Lido, beim Kastell und bei Chioggia, als Beitrag zu seiner Weltberuhigung – deren er immer bedürftig ist – wahrnimmt, ist die Zuweisung der beiden Wege, auf denen das Meer als Flut in die Lagune einströmen darf und als Ebbe sie mit der Last des Spülgutes wieder zu verlassen hat. Diese Domestikation der Naturgewalt steht unter der ständigen Bedingung, daß Wege für Willkür sich nicht auftun. Das würde Bebauung und Besiedlung des Lido untergehen lassen, *indem das Wasser alles durcheinander schlemmte, das Lido zu Inseln, die Inseln, die jetzt dahinter liegen, zu Erdzungen verwandelt würden.*

Goethe hat eine fast physiognomische Wahrnehmung des Meeres, das einzudringen drängt und sich doch nach der Frist von Stunden *dem Gesetz der Ebbe unterwerfen und seine Wut mindern* muß. Die Menschen trotzen seiner drohenden Gebärde. Sie können es nur in der Verbundform, die sie sich in diesem zwischen Aufstieg und Untergang so labilen Gemeinwesen gegeben haben. Dessen Bürger scheinen sich hinter ihrem Maskenwesen nur deshalb zu verstecken, um ihre ganze Kraft in die Abwehr des Meeres zu investieren. Den Untergang der Barriere zu verhüten, *müssen sie das Lido verwahren, was sie können, damit das Element nicht dasjenige willkürlich angreifen, hinüber und herüber werfen möge, was die Menschen schon in Besitz genommen, dem sie schon zu einem gewissen Zweck Gestalt und Richtung gegeben haben.*

Welche Leistung des flüchtigen Reisenden nicht so sehr an Beschreibung und Mitteilung, als vielmehr an Einlassung auf die elementare Lebensfrage dieses Weltstücks, an Mitempfindung der Bewegungen und Kraftströme, die diese Bastion des Menschen bestürmen und erhalten. Auch in allen Augenblicken und Fakten der Nachlässigkeit, die das komplizierte System aus der Sorge und Sorgfalt entlassen zu haben scheinen: der Abfall und Unrat, der über Jahrhunderte alles verstopfen muß. Was die Begünstigung der Bewohner verhängnisvoll bestärkt, ist das Vergessen ihres möglichen Anteils an ihrem Untergang, dessen Vorspiel sie bei Regen als unleidliche Verkotung zu spüren bekommen. Dann aber, wie Goethe Kausalität und Stimmung in einem einzigen Satz zusammenfaßt: *Das Wetter wird wieder schön und kein Mensch denkt an Reinlichkeit.*[12]

Noch einmal kehrt Goethe, als ließe es ihm keine Ruhe, zu den Bollwerken gegen das Meer zurück, beschreibt die Kombination von Stufen und geneigten Flächen, die dessen anbrandende Kraft brechen sollen, zuletzt die steile Mauer mit dem *oben überhängenden Kopfe*. Er sieht, wie auch hier dem Meer der Weg vorgeschrieben wird, den es ansteigend zu nehmen hat, als sei dies ein Ritual, auf das man sich geeinigt hätte: *Diese Stufen, diese Flächen hinan steigt nun das flutende Meer, bis es in außerordentlichen Fällen endlich oben an der Mauer und deren Vorsprung zerschellt.*[13]

Die Bewohner des Meeres, Schnecken, Muscheln und Krebse, sind Nutznießer und Opfer dieses Verfahrens. Sobald Goethe den Blick diesem wunderlichen Gewimmel zugewendet hat, scheint die große Drohung vergessen.

12 A.a.O. S. 99 13 A.a.O. S. 100

Denn da spielt sich im kleinen und kleinsten der Kampf ums Überleben ab, die Flucht vor Austrocknung und Verdorrung – Gegenspiel zur Anstrengung der Menschen, das Meer zurückzuweisen. Diese Lebenswelt erwartet nichts dringender als Wiederkehr der Flut, kriecht ihr entgegen, um rechtzeitig das Element zu erreichen, zwischenzeitig noch diese oder jene Beute zu erjagen.

Goethe erscheint es eher als Spiel denn als Kampf ums Dasein. Seinem Auge hat sich gnädig der mörderische Erfolg entzogen: *Ich habe nicht gesehen, daß irgendein Taschenkrebs zu seinem Zweck gelangt wäre, ob ich gleich den Rückzug dieses Gewimmels stundenlang, wie sie die beiden Flächen und die dazwischen liegenden Stufen hinabschlichen, beobachtet habe.*[14] In diesen Stunden angesichts der Fauna des menschlichen Trutzwerkes hat Goethe die Parodie auf den Lebenskampf der Republik vor Augen.

Fast ein Jahrhundert nach Goethe ist Theodor Fontane in Venedig. Sein ausführlichster Brief darüber ist mit Verspätung aus Florenz an die Freunde Karl und Emilie Zöllner geschrieben worden. Es ist nicht mehr die Republik des schwindenden Stolzes, die Goethe gesehen hatte. Doch das Lebensproblem, dem eigenen Verfall zu widerstehen, ist geblieben. Der Spätere nimmt den landschaftlichen Zauber, die Poesie der Stadt eher zur Kenntnis, als daß er sie erlebt. Was er erlebt, ist sein Unvermögen, diese Schönheit zu ertragen. Was Goethe als bloßes Zwischenspiel des schlechten Wetters erfuhr, die kurzfristige Aufweichung des Schmutzes, ist im beginnenden Zeitalter der Hygiene zur Unerträglichkeit geworden: Wohnen könne man da

14 A.a.O. S. 101

nicht, ist Fontanes Resultat. Diese Schönheit *bedarf des Mondlichts, bei dem man nur halb sieht, sie bedarf der Verschleierungen, um immer wieder zu entzücken …*

Die Existenz dieser Stadt scheint Fontane allzu sehr dem ästhetischen Konsum hingegeben zu sein. Es ist ein dem ausgehenden 19. Jahrhundert immer vertrauter werdender Gedanke, daß Moder und Untergang der Preis letzter Aufschwingungen zu Schönheit, Kunst und Vollendung sein könnten.

Was dagegen steht, hat als Realität schon ›das Leben‹ zum Etikett. Mit Nüchternheit naht, was sich »Realismus« nennen wird. Die Welt ist nicht dazu da, um Malern und Poeten Stoffe zu bieten: *Das Leben stellt vielfach andere Forderungen als die Kunst und Individuen wie Staaten gehen zu Grunde, die dies übersehn.*

Noch in letzter Stunde seines venezianischen Aufenthalts hat Fontane eine Wahrnehmung, die zum Bild werden läßt, was jene Wahrheit des Lebens einzugestehen zwingt, wenn sie zu Fleisch und Blut geworden ist. Er hat *ein wunderschönes Frauenzimmer* gesehen, die aus dem Fenster eines halbverfallenen Hauses der Gondel des preußischen Touristen nachsah: *träumerisch-faul mit tief und dumm schmachtendem Auge…* Er werde den Anblick nie vergessen. Sie sei so schön gewesen, wie er selten Weiber gesehen habe. Aber welche Zutaten! Welches Aroma der ungewaschenen und ungekämmten Liederlichkeit: *Ein Wesen, nur mit dem Auge zu genießen; mit ihr zu leben – ein Gedanke nicht ausgedacht zu werden! So auch die Stadt selbst. Diese schöne, schwarzhaarige Schwester Struwelpeters, die seifenintakt auf einen gondelbefahrenen Rinnstein niedersah, war mir wie das Bild Venezias selbst erschienen.*

Man mag nach dem Stichwort suchen, das die Differenz um ein Jahrhundert zwischen Goethe und Fontane auf den Punkt bringt. Die Schwierigkeit ist nicht allzu groß; das Gesuchte wird auf dem Präsentierteller gereicht: Goethe hätte von der Seife und der Unberührtheit durch sie an diesem Ort nicht gesprochen und wohl kaum daran gedacht.

## SPRACHLOSIGKEIT

Die absinkende Sprachkompetenz nachwachsender Generationen setzt die vorausgehenden in geängstigte Ratlosigkeit. Sie stehen wie vor einer exotischen Fatalität. Da das Bildungssystem noch vor einiger Zeit für alles gut sein sollte, kann es in Umkehrung seiner eigenen Ansprüche und Verheißungen nun auch an allem schuld sein. Es ist aber unwahrscheinlich, daß ein so elementares Phänomen wie nachlassende Sprachfähigkeit und sogar Sprachunlust überhaupt in der Reichweite irgend eines Bildungssystems liegt, und hätte es auch das Selbstbewußtsein des deutschen. Solche Dinge erziehen sich nicht, so wenig sie sich unterdrücken lassen.

Eine brauchbare neodarwinistische Regel lautet, daß die Nähe zur Fortpflanzungsfähigkeit die funktionale Bedeutung jeder anderen Fähigkeit bestimmt. Auf den ersten Blick mag es sich absurd anhören, die überraschende Degeneration der Sprachfähigkeit auf ihre Unbeziehung zur Sexualität zurückzuführen. Das mag als verspäteter freudianischer Scherz erscheinen. Es fehlt aber jeder Zusammenhang mit der Psychoanalyse; jedenfalls mußte er durch ein raffiniertes Arrangement erst hergestellt werden.

Das Argument ist äußerst banal. Es behauptet, daß die Antriebe zur Erlangung von Sprachkompetenz ihre Energie durch die darauf gesetzten sexuellen Prämien zugeführt erhalten. Denkt man, um es zugespitzt zu illustrieren, an die Figur des hochstaplerischen Heiratsschwindlers, so kennt jedermann die literarische Ausstattung dieser Gestalt mit äußeren Vorzügen aller Art, vor allem aber und im Zentrum mit einer ungewöhnlichen Redegabe. Was da im Konzentrat auftritt, gilt für schlichtere Verhältnisse im Maße gedämpfter Virulenz. In Marieluise Fleißers Erzählung »Abenteuer aus dem Englischen Garten« hat man die andere Seite der Skala vor sich: den unbeholfensten aller Maurergesellen, der auch einmal ein Fräulein ansprechen möchte, um von ihr wie die anderen bei Feierabend an der Baustelle abgeholt zu werden. Die Erzählung spielt in den zwanziger Jahren, und man merkt das schon daran, daß der Weg zum ständigen Fräulein nur über den Akt des Ansprechens führt. Davon ist, mehr als ein halbes Jahrhundert später, nicht mehr die Rede, auch wenn man sich des Modeworts vom ›aufreißen‹ nicht bedient. Sprachliches kommt allenfalls an der Weggabelung des ritualisierten Prozesses vor: Machen wir's bei dir oder bei mir? Bis dahin sorgt die Lautstärke moderner Geräuscherzeugungstechnik dafür, daß nichts gesagt zu werden braucht.

Ist diese Situation gänzlich neu und unerwartet? Theodor Fontane, der – was man über seiner Fixierung auf England leicht vergißt – das italienische Pensum des deutschen Dichters bis hinunter nach Neapel durchaus absolviert hat, stand auch, wo er niemals zu stehen beschlossen hatte: am Rheinfall von Schaffhausen. Das Hotel in Neuhausen tröstet ihn – es ist ein *echt englisches Hotel, in dem man wieder*

*Mensch wird.* Die Rheinfall-Szenerie übertreffe weitaus seine Erwartungen, schreibt er an Frau Emilie. Unübersehbar sei dies ein idealer Punkt für Hochzeitsreisende, zumal englische. Die Begründung dafür interessiert den Briefschreiber noch mehr als das Naturschauspiel: *Selbst die Langeweile verliert hier ihren Charakter. Es braucht hier nichts gesagt zu werden, ja es* s o l l *hier nichts gesagt werden. Die Natur ist in einem steten Donner, und wenn es donnert, schweigt der Mensch. So wird hier auf natürlichem Wege, und fast von Schicklichkeits wegen die Klippe vermieden, an der fast alle Liebespaare scheitern: die Unterhaltungsnot.*

Die Szene bietet nur einen, nicht einmal den wichtigsten, Aspekt auf den erotischen Sprachmangel und auf den Anspruchsdruck, der von einer Situation ausgeht, die unter der Voraussetzung der Versammlung von Flitterwöchnern schon eine entlastete ist. Sie haben die Verzögerungen und Wartestände schon hinter sich, in denen um die künftige Prämie noch mit überwiegend sprachlichen Glanzlichtern geworben und bestanden werden mußte. Natürlich ist nicht nur die Dichtung von Troubadouren aus unendlichen Verzögerungen herausgekommen. Aber auf allen Stufen sexueller Näherungen an den Punkt der vermeintlichen oder wirklichen Erfüllung stellten sich sprachlich einlösbare Anforderungen.

Sie akkumulierten die Motivation, eine Sprachkompetenz um jeden Preis zu erwerben und anzureichern, deren Obertitel aus dem Wort ›Konversation‹ bestand. Langeweile durfte nicht aufkommen; sie schlug vernichtend zurück auf den, der sie doch gar nicht verursachen, sondern nur nicht verhindern konnte. Zeitfüllung und Sprachfähigkeit hatten ihre Korrelation, und wer bei dem einen nicht versagen wollte, mußte sich bei dem anderen trainieren – und durch lexikalische Mittel auch nachhelfen lassen. Ein »Conversationslexikon« konnte nicht schaden.

Nun bedarf es vieler Worte nicht mehr, um die gründliche Veränderung der Situation auf das Sprachvermögen und die Motivierungen zu seinem Erwerb durchschlagen zu sehen. Es ist ein quantitativer Sachverhalt: Verkürzung der Werbungszeiten, Vereinfachung der Rituale, Versachlichung der Quasi-Verträge, Zurücksetzung des rhetorischen Glanzes hinter der physiologischen Leistung. Wo nicht einmal mehr angesprochen wird, braucht auch kaum gesprochen zu werden. So verfällt die Rendite eines mühsamen Spracherwerbs.

Die Natur belohnt die Verzögerung und verbale Abwehr des *horror vacui* nicht mehr; sie wäre schon immer der Abschaffung von Verzögerungen und Ausfallzeiten ihrer Funktionslust geneigt gewesen. Nur der Mensch – der Erfinder und Meister der umständlichsten Verbindungen zwischen zwei Punkten, die er »Kultur« zu nennen beliebte – entzog sich dem Unmittelbarkeitsdrang der Physis und verwendete die dem nackten Lebensdienst entzogene Sprache zur reinen Überflüssigkeit der Sprachkunst im Liebesvorspiel.

Als das unter den veränderten Bedingungen biochemischer und modischer Faktoren zugunsten reeller Leistungsnachweise nicht mehr gefragt war, brach die mächtigste Stütze eines über die bloße Notdurft hinausgehenden Sprachbesitzes weg. Bildungssystematiker wären kaum über diese neodarwinistische Entlastung erfreut: Was sie aus der Verantwortung heraushalten würde, nähme ihnen eine Zuständigkeit, die sie, durch neue Theorien und Reformen weiter auszuüben, mit gewohnter Hurtigkeit an Werk und Wirkung gehen könnten.

## DIE TRANSZENDENZ DER LIEBESSZENE

Kritikempfindlich ist dieser Theodor Fontane. Wenn er als Sechzigjähriger von den Balladen und Kriegshistorien sowie vom Amt des Theaterkritikers endlich aufs Epische übersetzt, wünscht er nicht, *von jungen Bengeln, die meine Enkel sein könnten*, auf die Anfangsgründe der Ästhetik und Ethik gestoßen zu werden, am wenigsten aber, daß man ihn auf das Amt des märkischen Wanderers als seine lebensfüllende Kompetenz verweist.

Derartiges hat ihm die Novelle »Schach von Wuthenow« eingetragen, der erste Schritt vom Wege. Er selbst kennt die Schwächen, oder glaubt sie zu kennen. Dem als Kritiker akzeptierten Otto Brahm macht er am 7. Januar 1883 ein schwerwiegendes Zugeständnis: er könne Liebesszenen nicht.

Damit mag es sein, wie es will – man muß sich die authentische Begründung der Konzession genauer ansehen. Er könne wohl schildern, *was einer Liebesgeschichte vorhergeht und auch das was folgt*; für das Letztere habe er *vielleicht eine gute Begabung*, aber was dazwischen liegt: *die Liebesszenen selbst* würden ihm nie glücken. Da darf Resignation walten, wie so oft sonst und bei anderem: *Darin muß ich mich nun mal finden.*

Der Leser, der die Probleme einer Phänomenologie der Zeit nicht ganz ausgelassen hat, wird hier stutzig: Ist das Manko, das Fontane einbekennt, nicht konstitutiv das des

Zeitbewußtseins selbst? Im strikten Sinne gibt es zwischen jedem Vorher und jedem Nachher kein Interim, also keine genaue Präsenz. Immer schon ist vorbei, was wir erleben, und immer ist noch nicht, was wir zu erleben ›im Begriff stehen‹ – wie es mit schönster Genauigkeit heißt, weil es der Begriff allein ist, der das Noch-nicht ermöglicht und so lange festhält, bis es in das Nicht-mehr übergegangen ist.

›Gegenwart‹ ist eine Interpolation, ein Erschlossenes – ein, um es im Paradox zu sagen, niemals Gegenwärtiges. Es ist kein Problem der Miniaturisierung auf den ›Moment‹, den Augenblick. Nichts in der Dimension des Bewußtseins wäre so kurz, so klein, so ›momentan‹, daß es nicht der strengen Disjunktion unterläge, nur als Noch-nicht oder als Nicht-mehr erlebt werden zu können. Alles andere ist Begriff. Oder, schlimmer noch: Anschauung ist nichts. Es sei denn, man geht großzügiger mit dem Begriff der Anschauung selbst um. Und so tun's denn auch die zuständigen Denkmeister.

Dies jetzt auf Fontanes Selbsterkenntnis, seine Resignation, seine ästhetische Vergabe an die anderen bezogen: Zwischen der Vorgeschichte und der Nachgeschichte gibt es ›die‹ Liebesgeschichte selbst gar nicht. Sache des Epikers kann es immer nur sein, das Vorher und das Nachher dichter und dichter aneinander zu schieben, die Suggestion zu erzeugen, es sei die akute Präsenz der ›Liebesszene‹ *sensu stricto* genau an ihrem Berührungspunkt. Nicht der härteste Tabubrecher, der Artist der Entblößung und Schonungslosigkeit, der Vivisecteur der Kopulation selbst hat je den Bann über dem ›Zentrum‹ der Interpolation gebrochen. Denn dieses Zentrum liegt gar nicht in der Zeit – es ist dem Erzählbaren transzendent.

## FONTANE: FACTUM NON GENITUM

Was in der Geschichte zum Absterben verurteilt ist, entzieht sich allen Mutmaßungen. Die ›klassische Bildung‹ ist tot, aber die Muster des antiken Mythos sind nicht totzukriegen. Es scheint zu genügen, daß man ganz ungefähr weiß, was eine Odyssee ist, um wahrnehmen zu können, wenn auf sie angespielt wird.

Anders könnte es mit allem sein, was als Rhetorik der Säkularisierung bezeichnet werden kann. Der Grund mag darin liegen, daß die Anspielung auf dogmatische Eigentümlichkeiten des Christentums nie den Grad an Bildhaftigkeit erreicht, den der Mythos hat. Das Kreuz der Passion ist sinnfällig – aber wer ist da eigentlich gestorben? Ein Gott, ein Mensch? Und wenn ein Gottmensch – was mag das bedeuten, wenn er doch nicht so unsterblich war, wie es sich für Götter geziemt?

Wie bei der Anspielung auf zentrale Dogmen des Christentums das Begrifflich-Abstrakte vorherrscht und sogar die Beziehung unsichtbar machen kann, zeigt ein fast zeitgenössisches Beispiel. Fontane will in einem Brief an seine Frau die Feinheit, aber Schwäche eines poetischen Zunftgenossen charakterisieren, dem alles Künstlertum der Platen-Schule attestiert werden müsse – aber: *es fehlt ihm nur eins: Kraft, und weil er keine Kraft hat, ist alles nur gemacht, aber nicht gezeugt*. Unverkennbar ist die Formel des Credo beider Konfessionen, auf die es Fontane absieht und von der er sicher ist, daß seine Frau Emilie es merkt. Denn noch kannte das jedes Schulkind: das innertrinitarische Verhältnis zwischen dem Vatergott und dem Sohngott: *genitum non factum* …

Die ästhetische Eignung der Formel zur kritischen Umkehrung ergibt sich aus der Beiläufigkeit des Machens, der Selbsthingabe und Selbstausschöpfung des Zeugens. Die Welt hatte Gott gemacht, den Sohn vor ihr und aller Ewigkeit gezeugt, um *filioque* den Geist zu hauchen (was als Lebensäußerung auch viel mehr ist, als wenn er ›gemacht‹ worden wäre). Dichtung kann noch gemacht werden; aber dann fehlt ihr die Lebenskraft, die sie zum Hauchen des Geistes befähigen würde. Wußte das noch einer von denen, die sich als ›Macher‹ von Texten der Öffentlichkeit andienten? Oder hörte man noch, daß man sich einer Selbsterniedrigung mittels Verkehrung jener Innigkeit des Gottes unterzog? Zweifellos: Man wollte untertreiben, nur tun, was jedermann hätte tun können, wäre er so frei, wie er alsbald werden sollte. Aber Untertreibung war nicht Selbstverachtung.

## DIE NÄCHSTEN UND DIE FERNSTEN DES POETEN

*Die Menschen, unter denen man lebt, stellen sich zwischen einen und das Papier, darauf man schreiben will. Natürlich klingt all dergleichen kindisch und doch ist es eine Thatsache.* Deshalb muß Theodor Fontane, der das schreibt, für den Entwurf einer Novelle alljährlich nach Thale im Harz gehen.

Was Fontane nicht schreibt, ist doch seine fast alltägliche Erfahrung: Erst stellen sich die, unter denen er lebt, zwischen ihn und sein Papier, auf das er schreiben will; dann, hat er dies getan, stellen sich die, für die er schreibt, zwischen ihn und die, unter denen er lebt. Er langweilt seine Emilie, und sie beklagt sich darüber bitterlich, denn er blickt schon allzu undurchbrechbar über die, unter denen er lebt, hinweg auf die, für die er schreibt und die zu langweilen Verfehlung seines Berufs wäre.

Die, die er nicht kennt und niemals kennen wird, haben sich zwischen ihn und die gestellt, die ihm die nächsten sind und es nicht verstehen, daß daraus so wenig folgt. Aber jene Fernsten werden ja ihn kennen.

## NACHRUF

Für dieses Leben, diesen Mann, dieses Werk gibt es keine Gerechtigkeit. Einer, der nüchtern und lauter dem sich neigenden Jahrhundert und seinen Gestalten gerecht werden wollte, aber auch auf seinem Parkettsessel Nr. 23 im Königlichen Schauspielhaus in Berlin den Bühnenwidersinn der kruden dramatischen Phantasie Hebbels als Kritiker durchlitten hatte, Theodor Fontane, hat seine Erfahrung zur dichtesten Formel eines Nachrufs gebracht.

Carl Müller-Grote hatte ihm sein 1884 erschienenes Hebbel-Buch geschickt. Am 17. Dezember bedankt sich Fontane, und da er nicht lügen kann, sagt er etwas über den Zwiespalt seines Verhältnisses zum Dichter, der ihn aufs höchste interessiere und ihm dennoch *im höchsten Grade unsympathisch* sei: *Seine Natur widersteht mir, seine Art sich auszudrücken ist geschraubt, geziert, aber die geistige Potenz und daneben der echte Künstlerernst ist so groß, daß ich ihn liebe und bewundre trotz seiner Unausstehlichkeit.* Der Antagonismus in der Faszination von Anstoßung und Abstoßung ist von höherer Gültigkeit als ein individuelles Geschmacksurteil. Fontane zielt nicht nur und nicht zuerst auf das Bühnenwerk; er weiß, daß in kaum einem anderen Fall der deutschen Literatur – Goethe ausgenommen – so wenig abgesehen werden kann vom Schicksal, vom Leben, vom Willen zur Selbstbildung vor allen Werkgebilden, von der Chaotik einer sich zur absoluten ›Reinheit‹ verurteilenden Imagination, die sich dennoch nicht die Lizenzen zur Formlosigkeit gewährt, die ein halbes Jahrhundert später das Kunstwesen ausmachen werden.

An der Geschichte vom kleinen Hündchen macht Fontane den Adressaten des Briefes aufmerksam, was da doch für ›Haberei‹ und welche Selbstbespiegelung bemerkbar seien – um mit der Wendung zu schließen: *Und doch hat es wieder einen Zauber. Man kommt aus dem Zwiespalt nicht heraus.* So war es und so sollte es bleiben. Nie hat es ein eindeutiges Nein zu Hebbel gegeben. Nicht einmal bis zur Ablehnung, die Goethe finden konnte, ist es je gekommen. Vielleicht, wahrscheinlich sogar, weil die Aufgabe, die sich an dieser Figur zur Auflösung stellte, den Reiz des schier Unlösbaren und dennoch Unaufgebbaren hatte. Der Zwiespalt, aus dem nicht herauszukommen war, erlaubte nie den Überdruß, nie die Verachtung, nie das Ausspielen des klassischen Kanons gegen Unmaß und Übermaß. Über die Aufrichtigkeit des ›letzten Wortes‹ Fontanes hinaus gab es nichts zu sagen, nur immer wieder hinzusehen und hinzuhören auf *Das Entsetzlichste!*

Fontane hat noch die Korrekturen seines »Stechlin« gelesen, das Buch hat er nicht mehr in der Hand gehabt. Auf seinem Schreibtisch lag, als er am 20. September 1898 starb, die Versandliste für die Freiexemplare. Das einzige Signal der ›Rezeption‹ erhielt er von der Zeitschrift »Über Land und Meer«, die den Roman vorabdruckte: ein huldigendes Telegramm, das er telegraphisch erwiderte. Der so Unfaustische mit faustischer Formel: *Ihr Telegramm hat mich sehr beglückt. »Verweile doch, du bist so schön« – ich darf es sagen, denn ich sehe in den Sonnenuntergang.*

Einer, der sieht, nicht jener mit Blindheit geschlagene Illusionär. Sein Lebenswerk schließt mit allen Insignien jener adretten, doch nie zum Genuß gekommenen Pflichterfüllung, die es möglich machte, fast das ganze epische Pensum in einem einzigen Jahrzehnt, dem letzten, zu absolvieren. Zuwider den Bekundungen der Erschöpfung und Resignation, der Bescheidung zwischen den Balladen und den »Wanderungen«, dem Kriegsberichterstatterposten und dem Dauersessel des Theaterkritikers. Das Erschütternde ist, daß da einer nichts mehr erwartet, kaum erahnt, daß alles bis dahin Erbrachte nur aus den Etüden für das zum Verweilungsanruf Berechtigende bestanden hatte.

Im Juni 1885 ist Fontane in Krummhübel und pusselt an Versen, wie er an Emilie schreibt, auf eine ungewisse neue Ausgabe der Gedichte hin, die er 1851 zu sammeln begonnen hatte. Seit 1879 waren »Grete Minde«, »Ellernklipp« und »Schach von Wuthenow« in Vorabdrucken und Buchausgaben erschienen, dann – als Vorstoß zum Zentrum künftiger Stoffwahl hin – »L'Adultera«. Nun war »Cécile«

im Entstehen, deren Vorabdruck im folgenden Jahr beginnen sollte. Alles zu wenig, um der Kritik ins Auge zu stechen; von Genüge zu tun nicht zu reden.

Und das Publikum, das jene verbreiteten Hauszeitschriften las? Er bekommt seine ›Rezeptionsästhetik‹ vom Nebentisch geliefert. Ein nettes Ehepaar – Fontane macht nie die Leute schlecht, die von ihm nichts wissen –, dazu *sehr gebildete Leute*, guter Resonanzboden, unterhalten sich hörbar für den unglücklichen Autor, was man des Nachmittags zum Kaffee lesen solle. O, da werde sie sich das Buch von der Heimburg wieder schicken lassen; man habe es noch aus dem Vorabdruck in der »Gartenlaube« einander vorgelesen. Als Buch habe sie es sich allein noch einmal vorgenommen. Ob sie es denn zum drittenmal lesen wolle, fragt der besorgte Gatte. »Nu, warum nicht? Mit Vergnügen«, sei die Antwort gewesen, reportiert Fontane nach Berlin der Frau. Er glaube, es sei eine Juristenfamilie gewesen. Staatsanwalt oder Landgerichtsrat, fügt er hinzu, denn das hat man selbst als Nichtpublikum in der Sohnesgeneration.

Aber nun: das schreckliche Fazit der erlauschten Literaturrezeptionsszene: *Ich glaube nicht, daß jemals ein Ehepaar irgendwo gesessen und über irgend was, das ich geschrieben, auch nur annähernd mit solcher Begeisterung gesprochen hat.*

Und dann folgt die schönste Metapher der tiefsten Resignation für das Schicksal des eigenen Werks: *Es fällt alles in den Brunnen.*

Wie konnte er wissen, daß man ein Jahrhundert später von der Heimburg nichts, von ihm alles wissen und lesen würde? Aber muß man ein ganzes Jahrhundert zu Hilfe nehmen – die nie versagende Magie der langen Zeiträume, die alles möglich machen, schließlich den Menschen selbst erst möglich gemacht haben? Fast möchte man sagen, es dauert doch nur noch Tage, bis der eklatante Beweis erbracht würde, was Fontanes Werk noch mehr konnte als Juristenkaffe nachmittags zu unterhalten. Mit einem Sprung über die Jahrhundertschwelle hinweg würde es den großen Inauguralroman des 20. Jahrhunderts prägen, beleben, ermutigen, formal illuminieren – mochte das kommende Werk auch ein weiteres Vierteljahrhundert auf den Nobelpreis warten müssen: Thomas Manns »Buddenbrooks« waren Geist (und Fleisch!) von dem Fontanes, vor allem vom »Stechlin«. Was tat es da noch, was in Krummhübel am Nebentisch an Sehnsucht nach Gartenlaubenfreuden in zweiter Wiederholung laut geworden war?

Der Brunnen, in den alles fällt, ist eben der, aus dem geschöpft wird – alles andere sind nur Fallgruben.

Das Wort, das der Metapher Fontanes respondierte, würde allerdings beim Autor der »Buddenbrooks« noch ein paar Jahrzehnte später fallen. Mit ihm beginnt das mächtigste Epos dieses Jahrhunderts, das mit der Lübecker Familienverfallssaga begonnen hatte: die »Joseph«-Tetralogie. Ihr schwindelerregender, in den Abgrund lockender wie vor ihm warnender Einsatz lautet: *Tief ist der Brunnen der Vergangenheit. Sollte man ihn nicht unergründlich nennen?*

Dahinein fällt freilich alles. Indem es fällt, ist es nicht verloren. Fontane hat mit den unergründlichen Tiefenreaktionen des Großen Stechlin seine eigene Symbolik für dieses Weltgeheimnis gefunden. Fast zu spät und dennoch rechtzeitig, um zu begreifen, wie unvergeblich es war, etwas anzubieten, was in die Tiefe fallen konnte.

## WOHER KENNT EINER VON DER BRAVHEIT DIE DEMIMONDESCHAFT?

Weiß man etwas vom Leben, wenn man gelebt hat? Weiß man weniger davon, wenn man das Leben eines anderen oder durch einen anderen genau kennt? Oder ist alles wie mit Margaret Mead und ihren drei berühmten Bänden über das Sexualleben auf Samoa? Wie lange hätte sie dort gewesen sein müssen, um Genaueres zu erfahren, als sie mit ihrer inzwischen lachhaft gewordenen Methodik herausbekommen hat?

Wenn es einigen Sinn hätte, sich über das Leben ins Bild setzen zu lassen durch einen, der als Meister seiner Kenntnis und Weisheit klassisch geworden ist – woher hatte denn er es? Wer so viel schreiben mochte und mußte wie Theodor Fontane – einer jener klassischen Lebensmeister –, war dem noch Zeit und Lust und Reichweite geblieben, um es selbst aus der Erfahrung zu haben?

Fontane hat sich die Frage spät, aber nicht zu spät selbst gestellt. Als er es tat – in einem Brief an den Kritiker Friedrich Stephany vom 16. Juli 1887 –, kennzeichnet er seine literarische Klassifikation als die eines *Schilderer(s) der Demimondeschaft*; und muß zugeben, gerade dafür am wenigsten Kompetenz zu besitzen, es sei denn die der ›Intuition‹, *um nicht blasphemisch zu sagen »von oben«*. Aber das ist eben nur ein Wort, das schon aus so vielen Verlegenheiten herausgeholfen hat, wenn jemand wissen wollte, woher einer es habe.

Dann kommt er sogleich auf eine geballte Hauptthese: die der Abweisung von Unmittelbarkeit und Ursprünglichkeit des Schriftstellers: *… alles, was wir wissen, wissen wir* *überhaupt mehr historisch als aus persönlichem Erlebnis. Alles sei Akten- oder Buch- oder Zeitungswissen, auch in den intimsten Fragen.* Wie wahr immer das sein mag – darf es einer zugeben, dem das Erlebthaben, die Besonderheit der Beziehung zum Leben, zugetraut wird, die Körperwärme eben stattgehabter Trennung von der Unmittelbarkeit? Er, Fontane, könne aus dem Stegreif über den großen Friedrich schreiben, und es solle nicht weit davon abgehen, als sei er bei Kunersdorf oder Torgau oder auf der Terrasse von Sanssouci dabeigewesen. Hätte es jedoch nicht gewesen sein dürfen, weil sonst niemand daran gelegen gewesen wäre. Und noch aus einem anderen, wohl ihm wichtigeren Grunde, nämlich: … *ich war aber glücklicherweise nicht dabei, sonst wäre ich längst tot, und der Mensch ist nun doch mal dumm genug, leben zu wollen.* Das schreibt der, dem mit »Irrungen Wirrungen« gerade der erste Romanerfolg ins Haus steht, an den ersten beifälligen Rezensenten eben dieses Romans.

Und der, der seiner Frau Emilie zwei Tage später bekennt (aus dem Sommerurlaub): *Aus der Bravheit komme ich nicht heraus* … Und da wunderte er sich über Emilie, daß sie unter dem Übel der Langeweile so maßlos litt, die ihm ganz fremd war. Weil er den Umweg der Mittelbarkeit des Zugangs zum Leben gemeistert hatte? Ich meine, wohl.

Die Erlebnishuber sind auch nur verkappte Vorfabrikanten dessen, was im äußersten Fall dann Kenntnis der ›Demimondeschaft‹ heißen wird. Schade, daß diese kentaurische Wortschöpfung – ironisch durch das biedere Ende mit ›-schaft‹ – Fontane niemals nachgetragen worden ist.

## DER BEDARF AN DOSIERTER UNGENAUIGKEIT

Es gibt Grade der Reduktion des logischen Subjekts, die sich grammatisch faßbar machen. Das Radikal stellt sich als Impersonale dar. ›Es regnet‹ – darüber ist viel geschrieben worden: Wer regnet? Was läßt regnen? Der Himmel, die Wolke, das Wetter, das Klima, der Wasserkreislauf, die Faktoren der Kondensation? Dies alles zu sagen soll gerade vermieden werden. Das Impersonale ist ein Instrument zur Vermeidung ungeforderter Bestimmtheit. Zurückgefragt, wer ›es‹ denn sei, wurde eben nur, wenn ›es‹ darauf ankam, die Gunst dieses Subjekts zu erwerben oder die Kunst des Regenmachens auszuüben.

Nun ist Regen ein Vorgang von hochgradiger Spezifität, mag es auch noch so schwer sein, darüber Vernünftiges auszusagen, wie es Karl Valentin in seiner Spottvorlesung über den Regen vorgeführt hat. Die Reduktion des Subjekts wird noch viel deutlicher, wenn ganz unspezifisch bleibt, von wem oder was die Rede sein soll, ohne daß deswegen eine zu starke Annäherung an den Unsinn eintritt. Von dieser Art ist das ganze Feld unentbehrlicher Redensarten, mit denen sich Einschätzungen und Einstellungen umschreiben lassen. »Wie geht es?« – »Es geht, wie es kommt.« Oder: »Schon besser?« – »Es zieht sich zurecht.« Ahnungen, Vorgefühle, Stimmungen, die Gründen und Faktoren nicht zuzuordnen sind: ›Es braut sich etwas zusammen.‹ Oder: ›Es hat sich wieder verzogen.‹ Zumeist Wettermetaphorik.

Für all dies will auch das Ich nicht einstehen, sowenig es zur Verlagerung auf anderes oder gar zur Sündenbockmethode bereit ist. »Es geht mir schlecht« ist trotz des hinzugefügten Objekts von reduzierterer Subjektsbestimmtheit als »Ich habe Zahnschmerzen«. Man muß oder will ungenauer bleiben und sich doch die Erleichterung, es ausgesprochen zu haben, nicht versagen.

Nun kann man leicht sehen, daß an diesem Punkt Substitutionen von Subjekten möglich sind, die solide aussehen, es aber nicht sind. Der Pessimist projiziert seine Mißgestimmtheit auf die Welt oder das Leben, auf das Sein, die Gesellschaft, die Geschichte, die Menschen – das alles sind Quasisubjekte, die den Reduktionsgrad verschleiern, indem sie sich als ›metaphysische‹ geben. Der realistische Romancier, dem Unrichtigkeiten aller Art vorgehalten werden, wehrt sich, seinem Anspruch sei Genüge getan, wenn der ›Totaleindruck‹ entstehe: *Ja, das ist Leben.* Leben ist austauschbar gegen Wirklichkeit, Welt, Sein, schließlich mit dem späten Trumpf der Trümpfe: mit Lebenswelt. Das kannte Fontane noch nicht, als er jenen Satz schrieb (1888). Der Ausdruck ›Lebenswelt‹ zielt auf eine Konvergenz, in der sich die Sätze *So ist die Welt* und *So ist das Leben* derart aufheben, daß selbst für ihre Unbestimmtheit kein ›Bedarf‹ mehr besteht. Denn daß sie eine Art ›Restbedarf‹ decken, *überhaupt etwas zu sagen und nicht ganz zu schweigen*, ist das Geheimnis ihrer Funktion. Wittgenstein hat nicht recht mit dem Postulat, man müsse schweigen, wo man nichts Bestimmtes mehr zu sagen habe. Er selbst gibt die dosierte Ungenauigkeit des ersten Satzes seines »Tractatus«.

## DER KONJUNKTIV: DAS LÄCHELN DER TOTEN

Unsterblichkeit war, solange an sie geglaubt wurde, nicht nur eine Sache der Erwartung dessen, was nach dem Tode kommen würde; es war auch die Frage damit verbunden, was die Lebenden von den Dahingegangenen zu gewärtigen hätten: Vergeltung im Guten wie im Bösen, stummes Zuschauertum, endgültige Abwesenheit oder seltene Anrufbarkeit? Ungewißheit bleibender Genossenschaft im Universum jedenfalls.

Leugnung der Unsterblichkeit war nicht auch Bedeutungslosigkeit des Gewesenseins oder Gewesenseinwerdens. Auf den überragenden Leugner aller metaphysischen Unvergänglichkeiten, auf Epikur, ließ sich dennoch der große Mahnsatz seiner Schule, des ›Gartens‹ (*Kepos*) beziehen, mit dem der erste einschlägige Konjunktiv in die Sprache der Skepsis kommt: Handle so, als ob Epikur dir zusähe. Das von einem, dem nichts wichtiger gewesen war, als diese Möglichkeit zu leugnen.

An die Toten als Zeugen der Lebenden zu denken, diese als sich vor jenen verantwortende, ist das große Erbe der Unsterblichkeitsidee. Zu diesem Erbe gehört das sprachliche Meisterinstrument des Konjunktivs. Den gering zu schätzen, weil doch nur die Irrealität seine Domäne sei, indiziert den Niedergang nicht nur dessen, was man ›Sprachgeist‹ genannt hat, vielmehr den Niedergang der Vernunft selbst. Die Neukantianer haben es einem der ihren, Hans Vaihinger, nie verziehen, daß er Kant für dieses Jahrhundert mit seiner »Philosophie des Als-ob« zu retten suchte. Was mußte statt dessen ertragen werden?

Ein Vater, der den Tod eines seiner Söhne überlebt hat, schreibt an einen der beiden überlebenden über ein ihn nachdenklich stimmendes Ereignis aus der ›Nachgeschichte‹ des Verstorbenen in der Einzigartigkeit des Ausdrucksmittels, das der Konjunktiv anbietet. Die Witwe des Fontane-Sohnes George, Martha Robert, verlobt sich mit dem Assessor von Neefe, wie der Alte in der »Kreuz-Zeitung« liest. Er liest es am Abend des Tages, an dem er auf den Friedhof in Lichterfelde einen großen Kranz von blauem Enzian hinausgebracht hatte, dessen Zutaten aus dem Urlaub im Erzgebirge von ihm heimgebracht worden waren – es war Georges Todestag.

Die Wahl dieses Tages für die Bekanntmachung des neuen Verlöbnisses erscheint dem ehemaligen Schwiegervater *etwas sonderbar*. Aber er wäre nicht der, der sich in den Menschen und ihren Sonderbarkeiten auskannte wie keiner in seinem Jahrhundert, fände er nicht eine nachsichtige Antwort auf die unausgesprochene Vorwurfsfrage. Es sei der jungen Witwe *blos fatal* gewesen, ihren Bräutigam auf den Zufall dieses Datums hinzuweisen und herauszukommen mit einem *ach, höre Du, das ist grade der Todestag von meinem ersten Mann*. Das könne die Erklärung sein, obwohl nicht die Rechtfertigung. Denn: *dann und wann muß man auch ein bischen Courage haben.*

So bliebe es ein bürgerliches Unbehagen an einer Schwäche in preußischer Sicht, wäre da nicht der Gedanke an den eigentlich Betroffenen, als ob er es noch sein könnte: *Wenn die Todten noch lächeln könnten, würde George gelächelt haben.* So gewährt der Konjunktiv, was nicht einmal die Seelenfeinsicht gewähren konnte: Edelmütigkeit. Kein geringer Gewinn, wenn man daran denkt, daß die einzige Qualität, die Fontane dem bewunderten Bismarck abgesprochen hatte, *Edelmuth* gewesen war.

## ZWISCHEN ANEKDOTE UND MYTHOS: GESCHICHTE EINER BIBLIOTHEK

Die Anekdote, wie erfunden oder zugewandert auch immer, mythisiert ihre Helden und ›Subjekte‹ nicht. Im Gegenteil: Sie reduziert ihre Distanzen auf vertrauliche Nähe, ihre historische Größe im Guten wie im Bösen auf moralische Bedenklichkeit im beiderseitigen Sinn.

Darauf beruht Fontanes Zuneigung zur Anekdote. Genauer, zu ihrer Art von Moralistik. Sie dient seinem Verlangen, bewundern zu dürfen, ohne zu auratisieren. Am deutlichsten am Fall Bismarck. Den sieht er mit dem Blick des Theaterkritikers, indem er ihm Genie zu-, doch ›Edelmuth‹ abspricht: *Dieser Riese hat was Kleines im Gemüt, und daß dies erkannt wurde, hat ihn gestürzt*. Die Faszination fällt sich immer wieder selbst ins Wort. Und das mit unzimperlichen Zwischenrufen wie ›Mogeleien‹, ›Schlaubergertum‹, ›Prinzipverächter‹ – im Fazit: *Nirgends ist ihm ganz zu trauen*.

Friedrich den Großen wiederum sah der Mark-Wanderer von Rheinsberg her, mit den Augen des Prinzen Heinrich und des von ihm betriebenen kleinen Weltgerichts. Die Kulmination der anekdotischen Ausnüchterung erreicht er jedoch vom Blickpunkt des Schlosses Friedersdorf und eines seiner Herrn aus dem Geschlecht der Marwitze, des Johann Friedrich Adolf, den er den Hubertusburg-Marwitz nennt. Er war es, der seinem König und Kriegsherrn die Niederlage beibrachte, die sich in der Grabschrift der

Friedersdorfer Kirche spiegelt: *Er sah Friedrichs Heldenzeit und kämpfte mit ihm in allen seinen Kriegen. Wählte Ungnade, wo Gehorsam nicht Ehre brachte.*

Die Anekdote dazu hat Fontanes Zuneigung. 1760 rückten Friedrichs Armeen in Sachsen ein, und der König sann auf Vergeltung für die im Jahr zuvor erfolgte Plünderung seines Schlosses Charlottenburg. Marwitz bekam Befehl, mit seinem Regiment Gensdarmes das Schloß Hubertusburg, Ort des späteren Friedensschlusses, zu zerstören und das kostbare Inventar den Offizieren zufallen zu lassen. Der Oberst Marwitz schüttelte den Kopf, und Friedrich muß es bemerkt haben, denn nach einigen Tagen fragte er ihn, ob die Ausplünderung vollzogen sei. Jetzt mußte ein »Nein« zum Faktum gesagt werden. Eine halbe Woche darauf dieselbe Frage bei Tisch und dieselbe lakonische Antwort. Jetzt aber Friedrichs Nachsetzen, warum nicht. Dies würde sich allenfalls für Offiziere eines Freibataillons schicken, erwiderte Marwitz, »nicht aber für den Kommandeur von Seiner Majestät Gensdarmes.« Der König verließ entrüstet die Tafel und gab die Plünderung dem Obersten Quintus Icilius frei und auf, der sie gründlich ausführte. Dieser mit dem *nom de guerre* im Wortsinne geheißene Guichard genoß noch nach dem Krieg die Gunst des Königs, an dessen Tafel zu speisen, damit auch das Risiko, sich unerwartete Fragen stellen lassen zu müssen. So die, was er denn aus dem Gut des Grafen Brühl für sich behalten habe. Die Antwort muß den König tiefer getroffen haben als die Verweigerung Marwitzens Jahre zuvor. Sie lautete: »Das müssen Ew. Majestät am besten wissen, wir haben ja geteilt.« Fontane muß erschrocken gewesen sein, dies mitzuteilen, denn er hat es ins Ungelesene einer Fußnote verbannt, obwohl es die Anekdote als Moralität von der königlichen Niederlage nach dem Sieg erst vollends pointiert. Aber es überschreitet die Grenze des Anekdotischen noch nicht.

Das tut erst der überraschende Fortgang der Geschichte des Gegenhelden Marwitz. Wie viele andere konnte er ohne den Krieg nicht leben und den Glanz des Sieges nicht ertragen. Wie zuvor der Tugend verfiel er jetzt dem Müßiggang, der Tafel und dem Spiel davor und danach. Die wertvolle Bibliothek des Schlosses, die noch der Wanderer Fontane besichtigen kann, vermochte ihn nicht zu fesseln. Denn es war die Art ihres Erwerbs, die ihn erfüllte. Er gewann die Bücher ihres Bestandes partienweise eben jenem Quintus Icilius ab, dem sie aus Hubertusburg an seiner Stelle zugefallen waren. So hatte er sich, wie Fontane im Tone eines Aktuars feststellt, *nachträglich und auf dem Wege Rechtens in Besitz derselben Bibliothek gesetzt, deren Fortführung aus Schloß Hubertusburg er, als unwürdig eines Marwitz und Obersten Gensdarmes, verweigert hatte.*

Zunächst nicht mehr als eine zweite Anekdote – oder sogar schon die dritte, diesmal ohne den Hauptanekdotenhelden Friedrich. Dennoch ist mehr als eine Suite, mehr als ein Zyklus entstanden. Was sich einstellt, aus dem Hintergrund der Geschichten nach vorne geschoben hat, ist die Qualität der ›Bedeutsamkeit‹. Ihr Träger, ihr Substrat ist ›das Bleibende‹, die Schloßbibliothek von Friedersdorf: das ungerechte Gut, durch gutgläubigen Erwerb justifiziert, zugleich zur Nutzlosigkeit verdammt wie die Tugend des Oberst Marwitz, der nun nichts mehr mit dem ›Tugendlohn‹ anzufangen weiß, statt dessen an Praß und Trunk wie Spielsucht schnell verfällt. Die Tragödie eines Gerechten, der seinen König zu brüskieren vermochte, aber mit dem endlichen Erfolg seiner Heldentaten nicht zu leben vermag. Unmöglich auszuschließen, daß Fontane an die Lebenstragik seines Vaters hat denken müssen, die vom Spiel bestimmt war. Es war gleichgültig, ob einer alles gewann oder alles verlor. Am Ende standen und blieben dort wie hier die Bücher. Dort die des Grafen Brühl, hier die des mittelbar auch durch diesen so erfolgreichen Markbrandenburgwanderers, des Sohnes eines Spielers.

## ASTRACHANKAVIAR

Er hat nichts gemerkt!«, haben viele Generationen lang zahllose Töchter ihren Müttern nach der Hochzeitsnacht ins Ohr geflüstert. Sie waren viel besser vorbereitet, als spätere Aufklärer es glauben durften. Zugleich haben sie eine Form der weiblichen Überlegenheit geschaffen, durch die Männer zur Rolle derer befördert wurden, die nie etwas gemerkt haben und nichts merken werden. Sie konnten sich, dem bürgerlichen Ritual nach, auch gar nicht leisten, etwas zu merken; zumindest in unserem Kulturkreis nicht. Ob in der Menschheitsgeschichte wegen Hochschätzung der Virginität eine Selektion weiblicher Eigenschaften stattgefunden hat, die das Nichtsmerkenlassen mit seinen Taktiken begünstigen, weil Mißerfolg in diesem Metier auch Fortpflanzungsnachteile bringen mußte, sei nur zur Anregung des Nachdenkens gefragt.

Theodor Fontane hatte von seinem Ältesten, auch einem Theodor, den geliebten Kaviar zum Geburtstag bekommen; Provenienz Astrachan. Auch andere Gratulanten hatten wohl diesen Wunsch berücksichtigt. Nun gab es jeden Morgen zum Frühstück vier kleine Kaviarschnitten. Und, schreibt der sich bedankende Vater, *an meinem Geburtstag waren sie auch noch echt, grau und grobkörnig.* Seither habe die Qualität des Belags nachgelassen, und zwar zunehmend von einer Sorte, *die öffentlich zu entlarven mir meine Artigkeit gegen die Gattin und Hausfrau verbietet.* Soweit ist alles höflich und recht. Nur weiß der Artige eben auch, wie die ewige Wirkung so zarter Rücksicht auf seine Kosten geht: *So lebt denn wohl der Glaube im Hause fort, ich merkte es nicht; zu weit gehende Tugenden werden immer mißdeutet.*

Es mag sich nicht belegen lassen, daß im Hause Fontane diese reziproken Verstärkungen von Vertrauen aufs Nichtsmerken und Honorierung des Vertrauens durch Nichtsmerkenlassen gang und gäbe waren. Denkt man aber an diese beiden, Emilie und Theodor, an ihre Ungeduld mit der Lebenszufriedenheit des Mannes, an seine verfeinerte Technik der Selbstverschonung vor Unruhe und Störung, so mag man leicht erahnen, wie gern er es sich das Nichtsmerkenlassen kosten ließ, um als der zu erscheinen, der nie etwas merkte und bei dem man es gut darauf ankommen lassen konnte.

Als Großvater wundert er sich dann, was die eigenen Kinder als Eltern erzieherisch im Stande der etablierten Unglaubwürdigkeit zu erreichen unvermögend waren. Nun ist er distanzierter Zuschauer, den es nichts mehr kostet, alles zu merken – also auch im Leben endlich der zu sein, der er in seinen Altersromanen – fast gleichzeitig mit dem Kaviarverfall etwa – wurde: der scharfsinnig-nachsichtige Kenner des Menschengemüts.

## »NICHT UMSONST GELEBT!«

Hanseaten, Bürger der restlichen Hansestädte, nehmen keine Orden an. Sie üben ihr Selbstbewußtsein im Genügen, als Bürger ihrer Gemeinwesen sich die Auszeichnung zu erwerben, ›angesehen‹ zu werden und zu sein. Wer angesehen werden will, darf nicht nackt sein. Es ist daher eine Probe aufs Prinzip der Verweigerung von Auszeichnungen, wenn sich der ›Unordentliche‹ unter lauter Dekorierten unwohl fühlt. In den Memoiren eines hanseatischen Bankiers ist aus dem letzten Weltkrieg zu lesen, im Offizierskasino habe er sich fehl am Platz befunden, weil er sich unter den Hochdekorierten ›nackt‹ vorgekommen sei. Da hätte es das Hanseatenbewußtsein nicht geschafft.

»Aus der Gesellschaft« hat Theodor Fontane 1889 eine kleine Sammlung überwiegend ironischer Glossierungen sozialer Typik und Pragmatik genannt. Das hübscheste Stückchen ist »Der Subalterne«. Es ist ein Gesang auf den preußischen Beamten der niederen Ränge, der sich, in Bezügen und mit Orden kurz gehalten, am Stolz gütlich tut: *Und doch sind wir es, die es machen.* Nicht die Einigung des Reiches, nicht der Sieg in Schlachten – *das will nicht viel heißen* –, die Dienstgewissenhaftigkeit ist es, die alles ausmacht. Des Ruhms und der Ehre zu ermangeln, da wäre es ein leichtes, sich drein zu finden – *Wär' nicht die Frau – die kann's nicht verwinden.* Fontane weiß es so gut wie andere; er hat mehr als sein halbes Leben unter dieser Enttäuschung im Hause gelitten, gegen die kein später Literatenglanz aufkommen konnte.

Sein Stellvertreter also ist dieser ›Subalterne‹. Nur kommt

der am kaiserlichen ›Ordenstag‹ doch noch zu dem, was er nicht entbehrt zu haben glaubte; und in ihm und um ihn breitet sich wieder *Glauben an Gottes Gnad und Güte* aus. Die Weltordnung gilt, die Theodizee ist gerettet: *Wie's blinkt, wie's schillert! Er strahlt, er bebt. / »Ich habe nicht umsonst gelebt.«* Das ist nicht auf dem Sterbelager gesprochen, kein Letztes Wort. Der Dichter nimmt dem Leser nicht die schöne Täuschung, dieses momentane Glück in Brust und Haus habe vorgehalten für viele vorletzte Worte.

Erst zwei Jahre nach dem Erscheinen des Gedichts hat Fontane gegenüber Julius Rodenberg preisgegeben, daß es ein reales Vorbild gab, nicht einmal einen ›Subalternen‹, einen Baurat, Freund eines Freundes. Der empfing *auf dem Sterbebette den Roten Adlerorden, und sein letztes Wort, den Orden in der Hand, war: »Ich habe nicht umsonst gelebt.«* Freilich ist nicht ganz sicher, ob der Freundesfreund das Vorbild war oder ob Fontane sein Gedicht aus des Sterbenden Mund zitieren und mit Realität weihen läßt. In den zwei Jahren zwischen Gedicht und Brief konnte mancher gestorben sein.

Doch habe ich Fontane seinen Brief noch nicht zu Ende schreiben lassen. An des anderen Letztes Wort schließt er ein eigenes vorletztes an: *Da ist meine Situation doch besser.* Das ist schön – aber auch wahr?

Es schreibt im letzten Lebensjahrzehnt einer, der das Ausbleiben literarischen Ruhms lange genug schmerzlich empfunden hatte, nicht weniger schmerzlich, als seiner Frau zu verwinden war, daß er der Verheißung subalterner Versorgung schon nach wenigen Tagen sich entzogen hatte. Dem, was er den ›Philistrismus‹ seiner Frau nannte (und rechtzeitig gekannt hatte), konnte er nicht genügen;

aber auch der eigenen Erwartung, sogar der Unsicherheit des Wertbewußtseins nicht. Aber die Ungewißheiten wie ihre Endigungen hingen eng zusammen: Erst der Verzicht auf die Stelle des Akademiesekretärs 1876 gab dem Epiker Fontane Raum, erzwang aber nun auch Bewährung und Verlangen nach Bestätigung, die in diesem letzten Lebensviertel nochmals auf sich warten ließ und erst mit »Effi Briest« 1895 im kaum noch erhofften Maße kam. Den »Stechlin« hat Fontane nur noch in der Korrektur erlebt und vielleicht nicht einmal geahnt, daß er die Jahrhundertschwelle (1899) präziser bestimmen würde als vieles andere.

Er bekam den Ruhm und er bekam den Orden. Doch müßte er der Kenner von Innerem nicht gewesen sein, wenn er sich geglaubt hätte, was er Rodenberg vor all diesem schrieb, daß seine Situation *doch besser* sei als die des gedichteten Subalternen und des wirklichen Baurats, die sich aus der Resignation mit einem Glitzerding hatten heraushelfen lassen. Als des literarisch unzweifelhaften Großen letztes Wort wäre es schwer denkbar, wenn nicht ausgeschlossen, dieses »Ich habe nicht umsonst gelebt!«. Nicht nur der Romancier der Resignation wäre noch aus der Rolle gefallen; auch das Wort, im Gedicht nicht ein letztes, nur als Bauratszitat zum letzten geworden, wäre um die ironische Unbestimmtheit gebracht, die es für Fontane disponierte.

Fast ein halbes Jahrhundert, bevor sein Letztes Wort zu sprechen war, hatte der Lyriker ins Stammbuch einer Dame geschrieben: *Was ist aus Dichtern schon alles geworden? / Hofräte mit und ohne Orden; – / Mir aber scheint der Preis auf Erden: / ›Von Frauenherzen verstanden zu werden.‹* Spätestens mit »Effi Briest« hat er den Preis errungen. Doch war es nicht der höchste, denn »Der Stechlin« ist immun gegen die Galanterie jener Adressierung. Auch darin besteht, was man die ›Humanität‹ des Unvollendeten nennen darf, die allen -Ismen, denen der Natur wie denen des Realen, fernsteht, weil es sie überragt.

## ERLEBTE FABEL

Der Tochter Martha berichtet Fontane von Wyk auf Föhr am 9. August 1891 ein winziges Erlebnis: *Ein großer Nachtfalter hatte gestern Abend Schutz in meiner Stube gesucht und ich hielt es für Pflicht, ihm diesen Schutz zu gewähren. Heute früh saß er noch an derselben Teppichstelle, zwei Schritte von der geöffneten Balkonthür. Ich nahm mein Frühstück und beschloß dem etwas unheimlichen Thier auch Tagesquartier zu bewilligen; ich erschien mir wie ausersehn, ihn zu retten. Mit einem Male kam auch ein Sperling ins Zimmer, frech wie immer, und ich machte schon Miene ihn durch ein Stückchen Semmel abzulohnen, als er, seine Marschlinie rasch ändernd, auf meinen Schützling zuhüpfte, ihn aufpiekte und davon flog.*

Daß die Intrikation von Ferienidylle und Kampf ums Dasein bezaubernd erzählt ist, bedarf der Erwähnung nicht. Tochter Mete wird auch sofort bemerkt haben, daß trotz zwanzigjähriger Außerdienstlichkeit der Kriegsberichterstatter und -historiker in der Wortwahl von ›Marschlinienänderung‹ durchschlug. Daß es eine erlebte Fabel vom äsopischen Typus war, kam freilich erst im Schlußsatz zum Vorschein, einem Epimythion von lebensweisheitlicher Resignation und Lakonik. Dem Abgang des unverweilt entschiedenen Sperlings folgt die Feststellung: *Es ist mit den Rettungsversuchen oft so.*

Nicht nur der Romanautor Fontane, auch der Ehemann und Vater wußte, wie es mit den ›Rettungsversuchen‹ ausging. Martha wird die melancholische Verweisung verstanden haben. Es war gefährlich, Gunst und Schutz zu gewähren, und das gerade für den, der sie genießen sollte. Verwirrt durch die unerwartete Windstille des Wohlwollens fällt er dem Entschlossenen zum Opfer, der den Bannkreis nicht respektiert und den Schutz unterläuft. Übertölpelt und ausgetrickst sieht der frühstückende Bürgersmann zu, wie das Leben ihm unter der hilfsbereiten Hand seinen Streich spielt.

## DER ABWESENDE LÖWE

Fontanes Tochter Martha (Mete) schickt dem Vater, dem Heiterkeit vor Altersunlust auszugehen droht, aus Warnemünde eine »Schulscene« zur Aufhellung: *Lehrer: Nenne mir 4 Thiere in Afrika. – Schüler: 3 Löwen und 1 Rhinoceros.* Fontane gibt den Ulk weiter an den Freund vieler Ferien, Georg Friedlaender, und fügt hinzu: *ich finde ihn ersten Ranges, stelle solche undefinirbaren Witze überhaupt am höchsten.*

Ein zu schlichtes Gemüt? Zunächst ist der Ulk ganz vordergründig: Der Schüler gebraucht eine List, um seinen Mangel an Wissen über die Fauna Afrikas zu bemänteln; beizukommen ist ihm nicht, denn er hat die Vorschrift formal erfüllt. Von diesem Typus gibt es viel.

Aber der Schüler kann auch gedacht werden als erfüllt

von der Figur des Löwen und in der vermeinten Wahlfreiheit, durch Verteilung der vorgegebenen Menge eine Gewichtung zu geben: Die Landschaft ist besetzt mit dem dreifachen Löwen und dem einfachen Rhinoceros – alles andere ›zählt nicht‹.

Das Undefinierbare an der »Schulscene«, das Fontane Vater wichtig genug ist, es dem ernsthaften Amtsgerichtsrat weiterzugeben, liegt aber noch in einer möglichen unausgesprochenen Reaktion des Beobachters, des Zuschauers. Er sieht den Schüler in seiner Begeisterung für Löwen, und er kennt Fontane als den Freund der Kurzformelmaxime »Wenn schon, denn schon!« Der Schüler hat gezögert, das Letzte zu wagen, den Mut der Konsequenz zu fassen und zu antworten: Vier Löwen! Das Undefinierbare ist hier auch das Undefinitive, das den steigernden Entschluß offen läßt, alles vom Löwen beherrscht zu sehen.

Ein Löwe fehlte dem Schüler zum Triumph der Gattung.

## DAS RESIDUUM ALLER WORTREDUKTIONEN

Die Herzogin von Orléans, Louise-Henriette de Bourbon-Conti, starb 1759 mit dem widerwillig angenommenen Beistand des Pfarrers von Saint-Eustache. Sie soll, wenn Melchior Grimm in seiner »Correspondance« nach einem Vierteljahrhundert nicht allzu frei erfindet, weil man inzwischen etwas freier erfinden durfte, den tröstenden Zusprüchen gut zugehört haben. Um allerdings schließlich sich zu erkundigen: »Wie, Herr Pfarrer, das alles hat Gott gesagt?« Es wird ihr bestätigt. Aber nicht genug:

»Seid Ihr dessen auch sicher?« Darauf der Geistliche: »Ja, ohne Zweifel, gnädige Frau, Gott selber.«[15]

Eindeutig ist der Geist der Sterbeszene wohl nicht mehr zu erfassen. Doch auch ihre Ambivalenz kann uns genug sein. Worauf liegt der Ton? Der professionelle Tröster scheint fixiert auf Zweifel und Gewißheit. Alles kommt darauf an, die des Unglaubens nicht Unverdächtige von der Zuverlässigkeit des ihr übermittelten Wortes zu überzeugen. Er verbürgt sich, nur Mittler von dem zu sein, was Gott selbst und niemand sonst gesagt hat. Ungleich jenem Schuster in Jerusalem, der die Bibel ein wenig erweiterte, um mit seinem Produkt in ihr vorzukommen: *Sie zogen ihre Schuhe an und zogen vierzig Jahre durch die Wüste, bis sie ins Gelobte Land kamen.*

Viel wahrscheinlicher ist, daß die Duchesse gemeint hatte, ob Gott denn wirklich so viel, dies alles, hatte sagen müssen für eine so einfache, ihrem Geschlecht so vertraute Sache wie den Tod und den Trost dazu. Ihr war nicht geheuer, daß der für das Heil so wichtige Herr ein Prediger-gott sein sollte, ein wortreicher Meister des Sermons, der sich im Reden genoß und nicht beim Wesentlichen blieb, worauf es in diesem Sterbensaugenblick angekommen wäre.

Was war ›wesentlich‹? Das, was übrig blieb, wenn alle Rhetorik abgefallen war und der Nacktheit der Todesstunde Genüge geschah? Oder das, was übrig bliebe, wenn die historische Kritik alles am heiligen Text indiziert hätte, was anderswo schon gesagt war und die Note authenti-

15 Melchior Grimm, Paris zündet die Lichter an. Literarische Korrespondenz. München 1977, S. 460

scher Gottesherkunft nicht verdiente? Das Fazit wird weit mehr als ein Jahrhundert später Adolf Harnack ziehen: im Neuen Testament gebe es nur einen Text, der sonst nirgends nachzuweisen sei: die Parabel vom verlorenen Sohn. Das wäre es dann gewesen, was allein noch Gott gesagt haben *könnte*.

Wenn es denn das Überflüssige war, das die Sterbende infrage stellte, so stand sie auch darin in großer Tradition – der bleibenden vielleicht, die darauf bestand, das Erbauliche aufs Fundamentale zu reduzieren. *Steht es nicht im Koran, so ist es schädlich; steht es im Koran, so ist es überflüssig*, war die Parole des Kalifen Omar gewesen, als der den Nachlaß der Antike in der Bibliothek von Alexandria niederbrannte. Fontane wendet das im Brief an Tochter Mete vom 24. August 1893 auf die Bergpredigt: zehn oder zwölf Sätze, in denen die Menschenordnung liege, blieben übrig, wenn man nur lange genug gelebt habe; alles sonst könne verbrannt werden. Darin und damit das Eigene? Die Resignation, die Fügung ins unabwendbar Erscheinende, nicht zum unbedingt Notwendigen zu gehören, sind greifbar, einschließlich der metaphorischen Folgerung der Konzession an die omarische Ekpyrosis: *Es ist auch recht gut so; nur für einen Schriftsteller, der vom Sätzebau lebt, hat es etwas Niederdrückendes.*

Aber das galt auch für den Gottesmann am Sterbelager der Herzogin. Er durfte deren Frage nicht so verstehen, als sei etwas von dem zuviel, was er ihr als Gotteswort im letzten Moment anzubieten hatte. Es gab keine Rhetorik Gottes – und eben dies war eher der Verdacht der Bourbonin gewesen als etwa eine Unzuverlässigkeit des Mediums.

## NÄCHTLICHER ANSTAND

Theodor Fontane praktizierte und empfahl eine besonders brustkräftigende Methode des Spaziergangs: den Stock, statt zu unnützem Stochern und Schwingen, zur Stützung des Rückgrats zu gebrauchen, in Querlage und in beiderseitiger Armbeuge umschlungen.

Gesundheitsrezepte werden mit zunehmendem Alter, als durch dieses bestätigt, zum Eigensinn. So kam es, daß Fontane auch zur Winterszeit bei frühem Eintritt der Dunkelheit durch den Tiergarten ging, aufgerichtet am quergelegten Spazierstock. Das verstieß, wie Fontane der Tochter Mete brieflich zugesteht, gegen die noch ungeschriebene Verkehrsordnung. Kam von hinten einer überholend, mußte er sich an Stockgriff oder -spitze stoßen. Eines Abends im Februar 1894 passierte es: *Ich wollte mich entschuldigen, weil man den Stock nicht so tragen darf, aber im Augenblick wo ich mich wandte, starrte ich in das schwarze Gesicht eines Mohren, der, trotz seiner Abstammung aus Kamerun oder Dar-es-Salaam, im dialektfreisten Deutsch sagte: »entschuldigen Sie, mein Herr.« Es hatte was Gespenstisches …*

Fontane, ein Mann von Welt, hatte schon manchen Mohren gesehen, und wenn es der Sarottimohr gewesen wäre. Aber im Tiergarten, bei Nacht von einem überholt zu werden, der perfektes Deutsch sprach und den Stock dem Hoheitsbereich seines Trägers zuschrieb, das war für den Balladenerfahrenen fast eine Gespenstergeschichte.

Nicht einen Augenblick dachte er daran, daß er sich hatte entschuldigen wollen. Bei dieser ungewöhnlichen Sachlage erschien es ihm ganz selbstverständlich, daß die Unwirklichkeit sich bei der Wirklichkeit wohlgesetzt entschuldigte. Nicht für einen Moment scheint der geschichtsbewußte Fünfundsiebzigjährige daran gedacht zu haben, wie es zu dieser Tiergartenszene gekommen war. Kamerun war gerade ein Jahrzehnt Kolonie des Reichs, Dar-es-Salam, das »Haus des Heils«, nur um ein Jahr weniger. Da gab es neue Realitäten, selbst für Spaziergänger im Tiergarten bei Nacht.

## NIEMALS UNVERDÄCHTIG SEIN KÖNNEN

Unter den Anekdotikern von Prägnanzgraden und -gnaden macht es vielleicht bei Fontane am meisten Vergnügen, nach der Anekdote zu fahnden, die mit der genauesten Passung in seine Kaliber geht. Man wird nie endgültig befriedigt sich zurücklehnen.

Ein nach Magdeburg Gereister gibt auf dem polizeilichen Meldeformular als Grund seines Aufenthalts an: *Vergnügens halber*. Daraufhin wird er observiert und schließlich sistiert. *Man glaubte es ihm nicht*.

Fontane erzählt diese kürzeste denkbare Anekdote – denn sein Schlußsatz ist einfach überflüssig – in einem Altersbrief an August von Heyden. Anlaß war die Ausstellung des berühmten Bayeuxteppichs in Berlin, bei der Fontane als einziger Besucher fast zwei Stunden vor dem denkwürdigen Geschichtsmonument gestanden und sich den Hals nach allen Richtungen verrenkt hatte, um die eingestickte lateinische Inschrift zu lesen. Das ergab die nötige Auffälligkeit, die fünf bis sechs Posten in Zivil und Uniform heranzog, um den Verdächtigen im Auge zu behalten. Fontane findet, daß es ihm in Berlin immer so gehe:

lasse er sich mal sehen und bekunde Interesse, halte man ihn sofort für ein suspektes Individuum, einen Hochstapler, einen *pickpocket*.

Nun gut, ein seltener Vogel darf sich nicht wundern, wenn er beäugt wird. Aber Fontane muß anderthalb Jahrzehnte zurückdenken, als er im deutsch-französischen Frontgebiet seiner Neigung folgend zu dicht an die Sache herangegangen war, um sie auch noch zu *beriechen*. Daraus ergab sich die aufregende Episode, die er in dem Bericht »Kriegsgefangen« wirkungsvoll dargestellt hatte. Die Pointe allerdings war in jener patriotischen Phase nach dem Sieg dem Publikum nicht zuzumuten gewesen. Jetzt teilt er sie dem »Tunnel«freunde mit.

Als der Kriegsberichterstatter 1870 wohlbehalten über die Schweiz nach Berlin heimgekehrt war, hätten auf seinen Bericht hin alle preußischen Offiziere ihm unverhohlen erklärt: »Bei uns wären Sie erschossen worden.«

Das hatte Fontanes Mißtrauen gegen das Mißtrauen seiner Mitwelt zu der Forderung getrieben: »Ich verlange, daß man mir meine Nicht-pickpocket-Beschaffenheit schon auf dreißig Schritt ansieht.« Es hieß, die Physiognomik mehr als beim Wort zu nehmen. Das Erlebnis des Fünfundsiebzigjährigen vor dem Wandteppich von Bayeux erbrachte ihm den Beweis, daß er mit seinem Anspruch auf erkennbare Respektabilität gescheitert war.

Gesamtausgaben zu Lebzeiten – das war eine Verlegergnade, die noch zur letzten Jahrhundertwende kaum einem Sterblichen zuteil wurde. Inzwischen dürfen immer Jüngere ihre Werke ›versammeln‹, wenn es nur zu mehr als einem Band ausreicht.

Henrik Ibsen unterschrieb am 31. Oktober 1897 den Vertrag über eine neunbändige Gesamtausgabe mit seinem deutschen Verleger Samuel Fischer. Immer disponiert zu hektischen Rezeptionen, war Deutschland das Land seiner Wirkung tief in die Gemüter hinein. 1898 sollte der Dichter seinen siebzigsten Geburtstag in Berlin mit dem ersten Band des Gesamtwerks in der Hand begehen; und demzuvor gab es »Samlede verker« auch nicht in der Ursprache. Es gab viele Schwierigkeiten, zumal urheberrechtliche, so daß es dem Verleger nur knapp gelang, als ersten Band des Ganzen wenigstens den dritten auf den Tag genau in die Auslagen zu bringen.

Der Verein »Freie Bühne«, der mit geschlossenen Vorstellungen das Gerücht von den Befreiungstaten der Dramen Ibsens entscheidend gefördert hatte – weil der Schein von Exklusivität unfehlbar das Paradox erzeugt, daß alle daran teilnehmen wollen –, lud zu einem Festbankett ein. Das Nichtmitglied Max Liebermann – nur seine Frau Martha förderte namentlich die naturalistische Avantgarde – erhielt den Auftrag, durch Dekoration der Menukarte Kongenialität mit dem Geehrten zu beweisen.

Die mit der Feder gezeichnete Vorlage präsentiert einen Folianten altertümlicher Art mit dem Verfassernamen, aber wohlweislich ohne Bandzahl, zu dessen Füßen drei nicht eben taufrisch wirkende Lorbeerkränze die Huldigung ausdrücken. Daß dieser singuläre Werkband so monumental ausfallen mußte, ergibt sich aus seiner statischen Funktion als Sockel eines Denkmals: Auf dem oberen Schnitt liegt ein Löwe hingebreitet, mäßige Pranken leicht über den Buchrücken streckend, der in der Umrahmung einer frisiert wirkenden Mähne das gezähmte Gesicht des Dichters trägt. Wie viel oder wenig Lust Liebermann zur Sache gehabt haben mochte, spüren läßt er oder zu spüren verhindert er nicht, daß die Furchtbarkeit dieses Löwen als Krönung des Buchsockels die Emotion des Tages nicht mehr ist. Ein Löwe von resignierter Freundlichkeit ist zu einem ›Festmahl‹ geladen, bei dem es unblutig zugehen würde – das ist angezeigt.

Mitglieder des Vereins »Freie Bühne« waren auch Theodor und Martha Fontane. Fontane, der das Jubeljahr nicht überleben sollte, hatte sich bis zuletzt als ›Ibsenenthusiast‹ bekannt, mit dem Vorbehalt der größeren Zuneigung zu Gerhart Hauptmann – und mit der härtesten Beanstandung der Unlebendigkeit Ibsenscher Figuren, allen voran der »Schafslise« und »Quatschliese« Nora. Ibsen hätte mit inadäquaten Mitteln Bewegung ins und aufs Theater gebracht.

Was diesem wie anderen ›Realisten‹ gänzlich fehlte und was Fontane für wesentlich ›realistisch‹ hielt, war Humor. Knapp sollte er verfehlen, wie eben diese Zutat in seiner dichtesten Nachfolge durch die »Buddenbrooks« beigebracht wurde.

Ibsen war von der Ernsthaftigkeit, ohne die wohl eine Kultfigur nicht ent- und bestehen kann. Fontane ist der ›Ibsen-Kultus‹ noch ganz zuletzt unheimlich geworden, und

Hauptmann kommt ihm als Heilmittel dagegen zurecht. Er konnte nicht ahnen, wie es mit diesem nicht anders kommen sollte. Seine Prognose für Ibsen ist, wie er Paul Schlenther gegenüber geäußert hatte, er würde nach 30 Jahren, *hoch gerechnet*, schlechtweg *der Komik verfallen*. Das ist beinahe sein letztes Wort zur Sache, bekräftigt zwei Tage nach dem Festmahl: … *diesen Satz halte ich aufrecht.* Und der Grund? Mangel gerade an dem, was durch ihn allererst auf die Bühne gekommen sein sollte: *Da quatscht jetzt jeder von Ibsens Wahrheit, aber gerade die spreche ich ihm ab.*

Dennoch sei er, so stellt er in der letzten aller Äußerungen zu Ibsen im Mai 1898 fest, *fast ganz unverändert* in seiner Stellung zu ihm als dem großen *Reformator unseres Bühnenwesens* geblieben, der neue Gestalten und vor *allem eine neue Sprache geschaffen* habe. Man dürfe ihm nicht verübeln, daß unter seinen Gestalten viele aus der Retorte seien. Dafür gibt es einen Nachlaß, der aus einer Gemeinsamkeit der Lebensgeschichten von Dichter und Kritiker herkommt. Und mit diesem schließt Fontane alles, was er zu Ibsen je zu sagen hatte: *Dafür war er – Apotheker.*

Es war nicht nur eine Zeitgenossenschaftsapostrophe, von Liebermanns Ibsenfestmenukarte zu Fontanes Ibsenschlußurteil zu digressionieren. Was Liebermann dem ›Löwen‹ Ibsen fast proklamativ schuldig bleiben sollte, hatte er 1896 Fontane als Tribut der Wahrhaftigkeit dargebracht: »Sitzungstage Maltage« hatte der Ungeduldige die Aussicht genannt, den Maler sein Porträt ablesen zu lassen. Gerade weil es nicht um einen ›Löwen‹ ging, eher um die Zwischenwerte zwischen Realität und Humor, um die Altersauflösung aller physiognomischen Schärfen, war dies eine singuläre Aufgabe für den Überwinder porträtistischer Konvention. Die in Bremen gehütete ›Vorarbeit‹ in Kreide zu etwas niemals ›fertig‹ Gewordenem ist die Kostbarkeit, an der uns das »Stechlin«-Finale auf andere Weise bewahrt worden ist.

Auch der Betrachter darf sich bewahrt finden. Bewahrt vor einem Löwen.

## UNTILGBARE DANKESSCHULD

André Gide bringt von seiner frühen Afrikareise die Nachricht über eine Völkerschaft am Kongo mit, die jeder Ausdrücklichkeit des Dankes unkundig sei. Der Leser bleibt ratlos, ob er dies als Anzeichen extremer Barbarei oder als ihm bis dahin ungeahnte Finesse der Zwischenmenschlichkeit verstehen solle.

Die Redensart, einer sei einem anderen zu Dank verpflichtet, tritt nicht nur in Zusammenhängen der Edelmütigkeit auf. Die Verpflichtung zum Dank, von der da die Rede ist, kann die Grenzen der Unfreiheit berühren oder gar überschreiten: Wie kann einer sich einem Ansinnen verweigern, das zum Maß seiner Dankespflicht in einem Verhältnis steht?

Die Rede von der Verpflichtung zum Dank soll auch sagen, es sei und bleibe noch ungewiß, wie sich spezifizieren werde, worin der Dank bestehen könnte. Daß er nicht nur im *Ausdruck* von Dank zu bestehen habe, scheint jene Redeweise vorauszusetzen: Ausdruck hat stets das gerade Gegenteil zum *Zustand* der Verpflichtung zu sein. Fontanes hartes Wort *Nichts ist kürzer als Dank* legt schon nahe, daß der ›Ausdruck‹ die Funktion habe, es bei ihm bewenden und nicht zu Weiterem kommen zu lassen.

Die Affinität zur Unfreiheit macht die Zweideutigkeit aus, einem anderen zum Dank verpflichtet zu sein. Der Schuldende meidet seinen Gläubiger; das wäre harmlos, denn es gehört in realistischeren Schuldverhältnissen zur Ethologie. Beim Dank ist es schlimmer: Meidung ist nur die abgeschwächte Form des Wunsches, der Gläubiger möge nicht mehr da sein. Erben, die den Schuldtitel an sich ziehen könnten, gibt es beim Dank nicht; das macht diese besondere Verpflichtung riskant für den, der sich ihrer sicher zu sein glaubt und darin ihr ›Gläubiger‹ ist.

Jacob Burckhardt teilt in der »Kultur der Renaissance in Italien« die nach Infessura überlieferte Geschichte der Bürger einer Stadt – Siena sollte gemeint sein – mit[16], die von feindlicher Belagerung durch ihren Feldherrn befreit worden war. Man habe täglich beraten, welche Art von Dank er sich verdient habe. Ergebnis dieser Beratungen war, daß keine der Belohnungen, die in ihren Kräften ständen, groß genug wäre; nicht einmal die, ihn zum Herrn der Stadt zu machen. Auf dem Gipfel der Ratlosigkeit erhebt sich einer und schlägt den Ausweg vor: *Laßt uns ihn umbringen und dann als Stadtheiligen anbeten.* So sei es geschehen.

Die Sienesen wären dann nicht anders mit ihrem Befreier verfahren als nach Verdacht der römische Senat mit dem Stadtgründer Romulus. Diesen hatte man, dem ersten Buch des Livius zufolge, kurzerhand zum Sohn des Kriegsgottes Mars erklärt und nach seinem Tod durch einen eige-

16 Jacob Burckhardt, Gesammelte Werke Band III, Darmstadt 1955, S. 15, zit. nach Eccard, Scriptores II, col. 1911 nach Infessura

nen Tempel mit ritueller Dauerhaftigkeit ausgestattet. Plutarch hat ihn nach der Art der Götter und Halbgötter spurlos von der Erde verschwinden lassen. An einem Leichenbefund hätte es also gefehlt gehabt. So lastete die Dankesschuld für die Gründung ihrer Stadt mit unbestimmter Frist auf deren Bewohnern.

Ganz mit rechten Dingen wird es bei diesem Tod nicht zugegangen sein. Denn einer namens Julius Proculus konnte und mußte beschwören, daß der Sohn des Kriegsgottes nach Erteilung einiger Anweisungen an ihn zum Himmel aufgefahren sei. Solche Delegationsgeschichten sind immer suspekt.

Jedenfalls hat Jacob Burckhardt recht, von seiner alten Anekdote zu sagen, sie sei eine *von jenen, die nirgends und doch überall wahr sind ...*

## INHALTSVERZEICHNIS

*mit einer Konkordanz zur Fontane-Ausgabe der Hanser Klassiker, herausgegeben von Walter Keitel und Helmuth Nürnberger (HF)*

### DER STECHLIN



### GEDICHTE

*Zu dieser Ausgabe*

insel taschenbuch 2840: Der vorliegende Band ist eine Lizenzausgabe des Carl Hanser Verlags. Die Originalausgabe erschien 1998 unter dem Titel: *Gerade noch Klassiker. Glossen zu Fontane.*

## Theodor Fontane
## im Insel Verlag

**Cécile.** Mit einem Nachwort von Walter Müller-Seidel. it 689. 263 Seiten

**Effi Briest.** Mit 21 Lithographien von Max Liebermann. Leinen und it 138. 354 Seiten

**Ein Leben in Briefen.** Ausgewählt und herausgegeben von Otto Drude. it 540. 518 Seiten

**Ein Sommer in London.** Mit einem Nachwort und einem Fontane-Spaziergang durch das heutige London von Harald Raykowski. it 1723. 252 Seiten

**Frau Jenny Treibel oder ›Wo sich Herz zum Herzen findt‹.** Roman. Mit einem Nachwort von Richard Brinkmann. it 746. 269 Seiten

**Gedichte.** Ausgewählt und mit einem Nachwort versehen von Rüdiger Görner. it 2221. 200 Seiten

**Gedichte in einem Band.** Herausgegeben von Otto Drude. Leinen und it 2684. 751 Seiten

**Grete Minde.** Nach einer altmärkischen Chronik. Mit einem Nachwort von Peter Demetz. it 1157. 154 Seiten

**Herr von Ribbeck auf Ribbeck.** Gedichte und Balladen. Ausgewählt von Gottfried Honnefelder. it 1446. 65 Seiten

**Irrungen, Wirrungen.** Mit einem Nachwort von Walther Killy. it 771. 242 Seiten

NF 71/1/4.02

**Jenseit des Tweed.** Bilder und Briefe aus Schottland. Mit zahlreichen Abbildungen und einem Nachwort von Otto Drude. it 1066. 329 Seiten

**Kriegsgefangen.** Erlebtes 1870. Herausgegeben von Otto Drude. Mit zeitgenössischen Abbildungen. it 1437. 258 Seiten

**Mathilde Möhring.** Mit einem Nachwort von Peter Demetz. it 1107. 158 Seiten

**Meine Kinderjahre.** Autobiographischer Roman. Mit einem Nachwort von Otto Drude. Mit Illustrationen und Abbildungen. it 705. 276 Seiten

**Die Poggenpuhls.** Roman. it 1271. 141 Seiten

**Schach von Wuthenow.** Erzählung aus der Zeit des Regiments Gensdarmes. Mit einem Nachwort von Benno von Wiese. it 816. 220 Seiten

**Der Stechlin.** Mit einem Nachwort von Walter Müller-Seidel. it 152. 504 Seiten

**Stine.** Roman. Mit einem Nachwort von Peter Demetz. it 899. 150 Seiten

**Unwiederbringlich.** Roman. it 1593. 284 Seiten

**Unterm Birnbaum.** Erzählung. Mit einem Nachwort von Otto Drude. Großdruck. it 2428. 165 Seiten

**Von Zwanzig bis Dreißig.** Autobiographisches. Herausgegeben von Otto Drude. Mit zahlreichen Abbildungen. it 2101. 468 Seiten

NF 71/2/4.02